文春文庫

怒鳴り癖

藤田宜永

文藝春秋

目次

初出
怒鳴り癖　「オール讀物」二〇一三年五月号
通報者　「オール讀物」二〇一二年八月号
時には母のない子のように　「オール讀物」二〇一三年十一月号
押入　「オール讀物」二〇一三年一月号
マンションは生きている　「オール讀物」二〇一五年五月号
消えた女　「オール讀物」二〇一五年一月号

単行本　二〇一五年十月　文藝春秋刊

DTP制作　萩原印刷

JASRAC出　1808746－801

怒鳴り癖

怒鳴り癖

社員が帰った後、私は、ひとり事務所に残って仕事をしていた。

旅行代理店の経営者と言っても、社員が五名しかいない零細企業である。社長も、社員同様、営業に駆け回ることもあれば、添乗員として客の世話をすることもある。

大きな旅行代理店を辞めて、独立したのはちょうど十年前。会社名は『アジャンス・プリベ』。格安ツアーを扱うことは滅多《めった》になく、お金に余裕のある客に、サービスの行き届いた旅行を提案してきた。

その夜は、高齢者向けのコロラド高原の旅のプランを練っていた。

草案を作り上げた私は、煙草に火をつけ窓辺に立った。細かな雨が路面を濡らしていた。二月の終わりの雨。やがて雪に変わるかもしれない。しかし、そんな冷たい雨でも、ぼんやりと眺めていると心が和《なご》んだ。

電話が鳴った。午後十時を回っていた。今頃、事務所の電話が鳴ることは滅多にない。どうせ、いつもの間違い電話だろう。眉を引き締め、受話器を取った。

「ミソラーメンが二丁に……」相手はいきなりそう言った。

聞き覚えのある声だった。この男が間違い電話をかけてくるのは初めてではない。

「うちは、ラーメン屋じゃないって何度言ったら分かるんだ。いい加減にしろ‼」

相手を怒鳴りつけて、私は電話を叩き切った。

私の悪い癖は怒鳴ることだ。しかし、理不尽なことが起こった時しか感情は爆発しない。もっと穏やかに、と周りから言われているが、それができない。

夏が巡ってきたら、私は五十四歳になる。

小さな会社ながら、不況も乗り切り、確実に利益を上げている。

妻の千穂との関係も悪くはない。長年一緒にいた気楽さと惰性《だせい》が夫婦生活を支えているだけといえば、その通りだが、大きな嵐がふたりの間に吹き荒れたことはない。

二十六歳になる長女も、昨年大学を卒業した息子も社会人になっている。

家庭にも問題はないということだ。

ここまでの人生に満足している。にもかかわらず、ちょっとしたことでカッとくる。

この悪い癖は、若い頃から変わらない。そんな私は感激家でもある。気に入った相手は手放しで褒《ほ》め、面倒もよく見る。

「あなたみたいな人を直情径行型って言うのよ」

学生時代に付き合っていた女にそう言われた。

帰宅準備を整えた私は、傘立てに放り込まれていた傘を一本手にすると事務所を後にした。

私の会社は、銀座の外れ、新富町近くに建つビルの中にある。住まいは歩いて十分ほどのところだ。

一階でエレベーターが開いた。一歩、廊下に出た瞬間、黒いダウンジャケットを着た人物が私に迫ってきて、いきなり頬を拳《こぶし》で殴られた。傘で応戦しようとしたが遅かった。二発目のパンチが顎に入った。私は半回転して、その場に転倒した。ふたりの男が逃げていく後ろ姿が目に入った。

私の両足はエレベーターの中だった。自動的に閉まろうとするドアが私の足にぶつかり、不快な音を立てていた。

私は立ち上がると、表通りに出て、男たちが逃げた方向に走った。T字路の左右に目を向けたが、人影も車の姿もなかった。

私は喘《あえ》ぎながら携帯を取り出し、一一〇番した。殴られた箇所を触ってみた。じんじんとした痛みが骨に伝わった。冷たい雨が降り続いていた。

ほどなくパトカーが二台やってきた。警察官の数は六人だった。

怪我の具合が大したことないと分かると、眼鏡をかけた中年の警察官が、ビルのエントランスで、事情聴取を始めた。

私は殴られた箇所をさすりながら、起こったことを話した。大して覚えていることはなかった。ふたりの男はいずれも黒いダウンジャケット姿で、フードを被り、サングラスをかけていた。ひとりは背が高く、もうひとりは小柄だった。ふたりは、ビルを出ると左に逃げた。

　付近を捜査するためだろう、何人かの警官が、急ぎ足で散っていった。パトカーの一台も姿を消した。

「盗まれたものはないんですね。となると……。何か思い当たることはないですか？」

眼鏡の警察官に訊かれた。

　そう訊かれても、誰の顔も浮かばなかった。

　物取りではないのは明らかだ。待ち伏せしてまで襲ってきたのだから、彼らは、私に相当の恨みを抱いていたということか。

　そう言えば、去年の暮れ、社員をひとりクビにした。大人しい陰気な青年だった。添乗員として海外に行かせたことが何度かあったが、客への応対が極めてひどい上に、トラブルが生じても、携帯にも出ないことが、再三にわたって続いた。だから、辞めてもらうしかなかった。

　しかし、彼の名前を警察官に告げることは憚《はばか》られた。被害届を出そうかどうしようか迷ったが止めにした。届けを出したとしても、この程度の傷害事件で、警察が本格的な捜査を行うとは思えなかったからである。

「念のために、病院に行って診断書を取っておいてください」

　眼鏡の警察官がそう言ってから、残っていたパトカーに乗り込んだ。

　言われた通り、私は救急病院に行き、殴打された箇所を調べてもらった。打撲と擦り傷だけで骨折はしていなかった。

学生時代、柔道部に所属していた私は、相手がふたりだったとは言え、為す術《すべ》もなく打ちのめされたことが悔しくてしかたがなかった。若い頃だったら、あんな無様《ぶざま》な負け方はしなかったろう。

自宅のマンションに戻った私の顔を見て、妻が絶句した。

私は何があったかを簡単に話しながら居間に入った。話し声を聞いて、娘の綾香が廊下に姿を現した。

「パパが暴行されたのよ」千穂の声が興奮していた。

「暴行？　誰に」

「千穂、ビールくれないか」

「飲んでいいの？」

「大した怪我じゃないから」

銀座にある画廊に勤めている綾香は、私たちと一緒に暮らしているが、銀行に就職した息子の誠一は、九州の支店に回され、博多に住んでいる。会社を息子に継がせようと考えたこともあったが、大人しくて覇気のない誠一を見ているうちに諦めた。

私はビールを呷《あお》るように飲んでから、何があったか、改めて詳しく話した。

「あなたを恨んでる人がいるってことかしら」千穂の目は怯《おび》えていた。

「そんな人間はいないよ。客とトラブってもいないし、金銭でもめてる相手もないから。

それに……」

「それに何?」綾香が口をはさんだ。

「いや、何でもない」私は頬をゆるめた。瞬間、痛みが走った。

女性問題はないと言いたかったのだが、殊更《ことさら》、口にすることでもないので笑って誤魔《ごま》化《か》したのだ。

クビにした社員、船津健太のことが頭から離れない。だが、家族に教える必要のないことだ。

その夜は、早めにベッドに入った。だが、なかなか寝付けなかった。痛みで寝られなかったのではなかった。犯人の正体がまるで見えないことが不安だったのだ。


会社を休みはしなかった。社員にも何が起こったか教え、顧客とも会った。腫《は》れ上がった顔を見た客がびっくりしていた。私は客にも正直に事の次第を話した。トラブルを抱えている人間か、と邪推されてもかまわなかった。奥ゆかしい日本人は、余計なことは言わず、話を誤魔化すのが〝美徳〟だと考えているようだが、私は、そういうやり方は好みではない。

会社が終わった後、久保田幸雄《さちお》を夕食に誘った。幸雄は四十九歳。前の会社から一緒に働いている男で、彼もその会社のやり方に不満を持っていた。独立する際、うちに来ないかと誘った。幸雄は慎重な人間だから、簡単には転職しないだろうと思い、具体的な計画を熱く語った。かなり迷ったようだし、家族にも反対されたらしいが、幸雄は私の誘いに応じ、一緒に今の会社を創った。

彼の性格は私とは正反対である。声を荒らげることはまるでなく、問題が起こっても物腰は常に柔らかい。情勢分析に長《た》けていて、私を諫《いさ》めるのが彼の役目。私がピッチャーだとしたら、幸雄はキャッチャーである。側近中の側近の幸雄の給料は私とほとんど変わらない。それぐらい優遇してもいい優秀な男である。体型も違う。私は小柄で太っているが、幸雄はスマートで、歳よりも若く見える。女にモテるのは、前の会社にいた頃から知っていた。

居酒屋の片隅で、私たちは飲み食いした。

当然、話題の中心は私の殴打事件だった。

「船津はお前の家の近所のマンションに住んでたよな。会社を辞めたあいつに、道でばったり会ったりしたことはないか」

幸雄が帆立のバター焼きを口にしながらにやりとした。「船津が、社長に恨みを抱いて、誰かにやらせたって考えてるんですか？」

「疑いたくないが、あいつは陰気で、何を考えてるのか分からん男だったからな」

「船津は引っ越したようです。近くの喫茶店のマスターが、あいつのことをよく知っていて、郷里の山口に戻ったって言ってました」

「そうかあ。山口に帰ったのか」

「船津が人を雇ってまで、社長を襲うなんて考えられないですよ」

「そうだな」私は焼酎のお湯割りを口に運んだ。「俺はね、船津が犯人だったらほっとするね」

幸雄が怪訝《けげん》な顔をした。「どうしてです？」

「あいつがやったんだったら、理由がはっきり分かるじゃないか。それにもう一度狙われることもないだろうし。もしも船津の仕業だったとしても、俺は訴える気はない。あいつに怒鳴りちらした代償が、これだと思って」私は殴られた箇所に指を置いた。「水に流すつもりだよ」

「社長、こんなことを言うと怒鳴られそうですが……」幸雄が口籠もった。

「もったいつけないで早く言えよ」

「社長はからっとした性格ですから、社員が失敗しても、ねちねち言うことはありません。そこが素晴らしいと思うんですが、ちょっと怒鳴りすぎじゃないですか」

「船津のことはよく怒鳴ったな。しかし、あれだけ怠慢だと……」

「悪いのは船津です。だけど、できの悪い社員でも、何とか使いこなさないと、なかなか人は来ませんよ」

「お前の言う通りだ。少しは改めんといかんよな」

「長くいる社員は、社長の性格をよく知ってますから辞めたりはしないでしょうが、新しい社員、特に若い人間には、社長の気持ちが通じにくいと思うんです」

私は腕を組んだ。「この一年で、船津を含めて社員が三人も辞めた。原因はいろいろあるけど、やっぱり、それは上に立つ人間のせいだよな」

「今の若い子は、家でも学校でも、怒鳴られた経験がほとんどないから、傷つきやすい。中には、ちょっとしたことで根に持つ者も出てくるでしょう。不本意でしょうが、時代の流れには或る程度、合わせていかないと」

「部下に迎合する経営者にならんといけないのか」私は力なく笑った。

「そういう考えを捨てて、相手を操縦するという気持ちを持ってください」

「分かったよ」

私は、筋が通っている場合は、耳に痛いことでも素直に聞く人間である。

「社長、珍しく気にしてますね」

「当たり前だろうが。相手の正体が見えないから気持ちが悪い」

「社の人間以外にも、怒鳴ってきてますよね。思わぬところに、社長を恨んでいる人間がいるかもしれないですね」

「いろいろ思い返してみたけど、恨まれるようなことをした覚えは本当にないんだ」

「怒られた時の今の子の反応は、社長には理解しがたいものかもしれませんね。私の大学の同級生が、ミニコミ誌の会社をやってるんですが、ミスを犯した部下を叱ったら、泣き出して、翌日から会社に来なくなったそうです」

「部下って女だろう?」

幸雄が首を横に振った。「男ですよ。叱った方が女です」

「はあ」私は天井を見上げてしまった。「世も末だな。そういう時に流す涙って悔し涙だよな。悔し涙って女の専売特許じゃないのか。ほら、前の会社にも、叱られるたびに泣きだす女がいたじゃないか。泣いて女子トイレに飛び込まれて、上司が困ってたよな」

「いましたね。でも、今は男もめそめそするんです」

「甲子園の晴れ舞台で、負けて泣くんだったら分かるけど。でも、それが俺の怒鳴り癖とどう関係があるんだ。泣くような奴は襲ってはこないだろう?」

「そう単純ではない気がします。すぐに泣く男と逆ギレする男の根の部分は同じじゃないでしょうか。自尊心は強いが気が弱い人間が増えましたから。そういう人間は、社会で生きていくのが不得意なんです。車の運転にたとえると、自動車教習所でハンドルを握っているような走り方か、〝俺だ、俺だ〟ってサーキットでアクセルを目一杯踏むような運転しかできない。公道を走るって、どちらでもないですよね」

「さすが、うまいこと言うな」私は本気で感心した。

「船津の穴埋めをしなきゃならない。面接の時は、長い目で見るつもりで人を選んでください」

募集広告は翌日、ネットと求人雑誌に載ることになっているのだ。

私は上目遣いに幸雄を見た。「俺にできるかな」

「大丈夫ですよ。社長は理に適《かな》ってない時は怒鳴りますが、普段は冷静な人ですから」

「目先に囚われずに、相手を育て上げる覚悟で人を選ぶように努力してみる。つまり、公道をきちんと走れるドライバーにするってことだな」

「その通りです」

グラスを空けた瞬間、私は、或る人物のことが脳裏に浮かんだ。「あ、あいつがいたな」

「男ですか女ですか？」

「社員のことじゃない。俺を狙ったかもしれない人間のことだ。〝俺だ、俺だ〟という言葉で思い出したんだ」

今年に入ってから、我が家の隣の部屋に引っ越してきた家族がいる。この間、大音量で音楽をかけ、うるさくてしかたがなかった。我慢し切れず、私はベランダから怒鳴りつけた。

その時は静かになったが、しばらくするとまた同じことが起こった。隣の家に文句を言いにいった。音楽をかけていたのはひとり息子だった。両親に話すと、父親も母親も、午後十時前には止めさせているのだから文句はないだろうと居直った。息子は学生らしいが、柄《がら》が悪そうな若者だった。

私はそのことを幸雄に教えた。

幸雄が眉をひそめた。「危ないですね。隣人とのトラブルは始末に悪いですから」

「しかし、あれぐらいのことで、恨むもんかな」

「社長にとっては〝あれぐらい〟でも、向こうにとっては、そうじゃないこともあります。ストーカーが、相手の家族を殺したりする時代です。怒鳴るのは控えた方がいいかもしれません」

「うん」

「もう一言いわせてください」

「何だ？」

「面接の時は禁煙をお願いします。喫煙者を犯罪者と同じようにしか見ていない人間もいますから」

「生きづらい世の中になったもんだな」

幸雄と別れた私は歩いて帰路についた。幸雄の言ったことが脳裏に残っていた。

若い男がふたり、路地から姿を現した時は一瞬、躰《からだ》が硬くなった。

マンションのエントランスで、隣の家の息子とすれ違った。私は挨拶をした。相手はじろりと私を見ただけで、何も言わずにマンションを出ていった。実に感じの悪い男だ。こいつの仲間なら、ああいうことを平気でやりそうに思えた。家族に危害を加えられたら大変だ。怒鳴るのは止めるしかないだろう。

ドアを開けると、居間から笑い声が聞こえてきた。男物の靴が三和土《たたき》に置かれていた。千穂が玄関に現れた。

「誰が来てるんだ」

「綾香のお友だち」千穂の顔が綻《ほころ》んでいる。

綾香が、男友だちを家に連れてきたことがこれまであったろうか。

私は居間に入った。中肉中背の黒縁眼鏡をかけた青年が立っていた。表情が硬い。緊張しているせいだろう。

「友だちの山本宏典《ひろのり》さん。こっちが私の父です」

「山本です」青年が軽く会釈をした。

声が小さい。私は、声が小さいというだけで、情けない奴だと決めつけてしまうきらいがある。

「綾香の父親です。まあ、座ってください」

私もソファーに腰を下ろした。部屋にはボサノバが流れていた。

「あなた、ビールにする？」

「うん」

千穂が席を立った。

「山本さんね、この間、角の郵便局の並びのマンションに引っ越してきたのよ」綾香の顔が上気している。

ストーカーになりそうな男に思えてきた。

「山本さんは、綾香とは……」

「綾香さんの働いてる画廊で知り合いました」

相変わらず声が小さい。表情も少しも崩れない。迫力も個性もない若者である。

千穂が戻ってきて、私の前にグラスを置きビールを注いだ。「山本さんは絵も描くし、陶芸もやるんですって」

「それはそれは」

綾香が目の端で私をじろりと見た。

私が口にしたことが気に喰わなかったようだ。

自分でも変な答えだと思ったが、こちらから愛想良くする必要はないではないか。

私は煙草に火をつけた。嫌味のように千穂が換気扇を回した。

綾香が私の顔を覗き込んだ。「少し腫れ引いたね」

私は山本に目を向けた。「昨日の夜、暴漢に襲われたんですよ」

「綾香さんから聞きました」そう言って山本は目を伏せた。

話は弾まなかった。

「で、お仕事の方は」

「モンディアルＴＶの子会社に勤めています」

思わず、眉が険しくなりそうになった。

「宏典さん、名刺、パパに渡したら」

「あ、そうだね」

名刺によると、モンディアルＴＶの顧客サービスセンターを管理運営している会社の社員だった。

モンディアルＴＶは、有料チャンネルの会社である。二ヶ月ほど前のことだ。チューナーが壊れたので、新しいものを、その会社に注文した。或る電機メーカーの品物なのに、そのチューナーだけは市販されておらず、独占的にモンディアルＴＶが扱っている。それも妙な話だが、電気屋では売ってないのだから、モンディアルＴＶに注文するしかなかった。

品物が届いた時、さっそく取りつけ作業にかかった。取扱説明書通りにやったが、予約録画がうまくいかない。やり方を訊こうと顧客サービスセンターに電話を入れた。ところが、まともに答えられる者はひとりもいなかった。同じことを訊いているのに、「出来る」と答えた者もいれば、「出来ない」と言ったものもいる。それに、彼らの言っていることは取扱説明書に書いていることと違っていた。やがて原因が分かった。彼らが見ていた取扱説明書は古いものだった。新しいものは手許にないという。男の担当は全員声が小さく、女の担当は、まるでこちらがクレーマーだと言わんばかりの応対振りだった。

私は、最後に電話に出た若い男の名前を訊いた。

相手はぼそぼそと名乗った。

「声が小さい。もう一度、言って」

相手はもう一度名乗ったが、相変わらず声は小さかった。

「使い方も分からない商品を売ってるなんてどういうことなんだ。お宅の会社には職業意識の高い社員はいないのか。ちゃんと仕事をしろ」私は怒鳴った。

モンディアルTVのみならず、自動音声ガイダンスでたらい回しにされた後に応対に出てくる人間は、おしなべてマニュアル通りのことしか言わず、相手の困ったことに適切に答えられる人間はほとんどいないのが現実である。だから、この私ですら、怒鳴る気にもならなくなっていた。

カスタマーセンターの人間の応対振りに怒ったのは、久しぶりのことだ。それぐらいひどかったのである。

俺が怒鳴りつけた相手の名前は何て言ったっけ。まったく思い出せない。根に持つタイプではないので、そんなことがあったことすら忘れてしまっていた。しかし、変わった名前だったら記憶の隅に引っかかっていただろう。どこにでもある名前だったに違いない。

山本だったかな?

「パパ、どうしたの?」

綾香の声で我に返った。

「いや、別に」

「パパはね、モンディアルTVで、古い洋画を観るのが大好きなの」

「ありがとうございます」

モンディアルTVの人間とのやり取りの続きを思い出した。

怒鳴ってすぐに、電話を切ろうとした時、相手が、機械で作られたような感情のないしゃべり方でこう言った。

「お差し支えなければ、電話を切る前にアンケートに答えていただけませんか」

「何のアンケートだ」

「サービス向上のために役立てるアンケートです」

「くだらないことに時間を使わず、発声練習でもしろ」

私は電話を叩き切った……。

山本という男に興味が湧いてきた。

「山本さんも、電話で相談してくる客の応対をしてるんですか?」

「一ヶ月前まではやってましたけど、今はチーフになりましたので、やってません」

「お宅の会社って何人ぐらいの社員がいるんですか?」

「百名ほどいます」

この男が、私が怒鳴った相手だったら……。

自尊心は強いが気が弱い。そういう若者は、私が想像できないような行動に出るかもしれない。幸雄が言ったことを思い出しながら、山本に疑いの目を向けた。

カスタマーセンターの人間は顧客情報を持っている。客と応対する時は、それを見ながら話しているはずだから、住所も電話番号も分かっている。

「綾香とはいつ頃、知り合ったんです?」私は軽い調子で訊いた。

「一ヶ月ちょっと前です」

私はじっと山本を見つめた。陰気ではないが、溌剌《はつらつ》とした感じはしない。こういう男が、豹変すると、とんでもないことをしでかす可能性もある。住まいが分かっていれば、娘の働き口を突き止めることぐらいはそれほど難しくはないだろう。私を襲うことを誰かに指示し、その後の様子を見に、ここにやってきたのか。

それはいくらなんでも考えすぎだろう。もうひとりの自分がそう言っているが、想像もつかない逆恨みが起こってもおかしくないのが今の日本だとすると……。

モンディアルＴＶの応対の悪さを、この男にぶつけてみたくなった。

「パパ、何か様子が変。具合が悪いんじゃないの？」

心配そうな娘の顔が目に入ると、喉まで出かかった言葉を呑み込んでしまった。

濡れ衣を着せることになったら、大事《おおごと》である。今のところ何も言わず、様子を見るべきだ。娘が幸せそうだし、妻はすっかり山本を気に入っているようなのだから。

小一時間ほどして山本は帰っていった。

私は自分で缶ビールを取ってきて、グラスに注がずに缶に口をつけた。

「パパ、どうしたのよ。山本さんに、すごく感じ悪かったわよ。職質してる警察官みたいだった」

千穂も目の端で私を睨んだ。「そうですよ。私、山本さんのこと気に入ったわ」

私は綾香を見つめた。「まさか、お前、知り合って間もないのに……」

綾香が小馬鹿にしたような目を私に向けた。「勘違いしないでよ。私、まだまだ結婚なんかしたくないもの。彼はただのボーイフレンドよ」

驚いた顔をしたのは母親だった。「家に連れてきたから、てっきり私……」

「近くに引っ越してきたから、ちょっと寄ってもらっただけ。お母さんが歓待するから、長くなっちゃったのよ。結婚が前提じゃないと、お付き合いは駄目、なんて言わないでよ」

「しかし、声の小さい男だな。表情がないから何を考えてるか分からんし」私は煙草をぷかっとふかした。

「ああ、煙い」千穂が口早に言って、嫌みったらしく窓を開けた。そしてこう続けた。「あなたが帰ってくるまでは、山本さん、よく話してたわよ。父親が恐かっただけよ」

「年上の女だと、お母さんに甘えるような感じで素直になれるが、年上の男は苦手。そういう去勢されたような男が増えてるそうじゃないか」

「パパみたいに怒鳴ってばかりいるような男は敬遠されるのよ。誠一を見れば分かるでしょう？　私にはいろいろ話すけど、パパのことが恐くて萎縮してる。私、草食系男子が大好きよ」綾香がそう言い残して居間を出ていった。

開いた口が塞がらなかった。

確かに、山本と息子の誠一は雰囲気が似ている。誠一も声が小さいし、表情も豊かではない。目が輝くのはゲームをやっている時だけである。クビにした船津も同じタイプだった。

しかし、若者のすべてが、そのような人間でないことを思い出した。

十日ほど前のことである。

家の無線ＬＡＮが壊れ、インターネットに繫《つな》がらなかったことがあった。発売元のＢ社のカスタマーセンターに電話をした。どうせマニュアル通りの答えしかしない人間に繫がり、不快な思いをするだけだと思ったが、応対してくれた青年は、はきはきしていて、説明も実に上手だった。

「今のお話を聞いた限りでは、その製品の基板が駄目になったと思われます」

「どうすればいいんですか？」

「基板を替えるよりも、新しいものをお買いになった方が安上がりです」

「面倒な作業をしなきゃならないんだろう？」

相手は私の使っているパソコンについて質問をした。

「……それでしたら、今の製品は当社のものでなくても、ほとんどのものが、そのまま繫がります」

「ケーブルでモデムに直接繫いで凌ごうとしたんですが、まったく反応しないんです」

相手は〝症状〟を訊き、何をしたらいいか分かりやすく教えてくれた。

「いやあ、君は実に説明が上手だな」

「恐れ入ります」

「カスタマーセンターに電話すると不快な思いばかりさせられてきたけど、君だけは違うね。お名前、もう一度教えてくれないか」

相手は名前を名乗った。

「うちにも君みたいな人材がほしいね。今の仕事が嫌になったら連絡をください。私は本気ですよ」

「ありがとうございます。ひとつお願いがあるんですが」

「何？」

モンディアルTVの時と同じようにアンケートに答えろというのである。私は快く承知した。ガイダンスに従ってボタンを押して答える方式だった。

「〝応対が大変よかった〟というボタンを押すよ」

相手は、もう一度礼を言った。

ボタンを押すまでの説明に苛立ったが、我慢した。途中でキャッチホンが入り、携帯も鳴りだした。しかし、約束したのだから、アンケートにはきちんと答えるべきである。

私は、ガイダンスに従ってボタンを押し、キャッチホンに応えた。

あの青年はすばらしかった。まだまだ世の中、捨てたものではないということだ。しかし、好感を持った人間の名前すら忘れてしまっていた。五十を越えてから健忘症が激しくなったようである。

社員募集をすると、結構な数の履歴書が送られてきた。面接に現れたのはすべて男だったが、覇気のない人間ばかりで頭を抱えてしまった。

若者に点の甘い幸雄も、採用したい人間はいないと言った。

社員ふたりが添乗員としてヨーロッパに出かけたのは、私が暴行を受けて一週間ほど経った時だった。本来なら私が同行する予定だったが、青痣《あおあざ》を作った添乗員というのは印象が悪いので、部下に任せることにしたのだ。

部下がふたり外国に飛び、船津の穴を埋める人間がいないから、大忙しだった。

幸雄も残りの社員も出払い、私ひとりが事務所で電卓を叩いていた時、電話が鳴った。

「お待たせいたしました。旅行代理店『アジャンス・プリベ』です」

「まだ社員募集はやってるのでしょうか？」

若い男の声がそう訊いてきた。

「ええ」

「だったら履歴書を送らせていただいてよろしいですね」

しっかりとしたしゃべり方の男だった。

「いいですが、よかったら、あなたの都合のいい時に、履歴書を持って、ここに来てください。その方が手っ取り早い。こっちは人手不足でてんてこまいしてるんです。夕方以降でしたら、いつでもかまいませんよ」

「明日、明後日は用があります。急な話ですが、今日だとご迷惑でしょうか」

「こっちもその方が都合がいいです」

面接は、幸雄とふたりでやってきた。幸雄は明日から二日間出張なのだ。

「私、胡桃沢仁《くるみざわじん》と申します」

私も名乗り、面接する時間を決めた。

午後五時半すぎに、営業に出かけていた幸雄が帰ってきた。意気揚々としている。契約が取れたのは訊かずとも分かった。

胡桃沢仁が会社にやってきたのは、計ったように六時半ぴったりだった。

応接室に使っている小部屋に通した。幸雄が茶を用意した。

「私が社長の尾崎で、こっちが専務の久保田です」

「茶を入れる人間がいないくらい、忙しいんですよ」幸雄が言った。

胡桃沢は控え目に微笑んだ。緊張しているようだが硬い感じはしない。上背はそれほどないが、肩から腕の筋肉はかなりついているようだ。武者人形のような眉。長い睫《まつげ》に守られた目は細い。一見、強面《こわもて》に思えるが、笑うと瞳は優しい光をたたえた。

「これが私の履歴書です」

胡桃沢が履歴書を差し出した時、ちらりと私を見た。

「私の顔の痣を見て、来るんじゃなかったって後悔してるんじゃないですか？」

「え？」胡桃沢の目が落ち着きを失った。

「この間、暴漢に襲われましてね。学生時代、柔道をやってたんだけど、やられっ放し。

悔しかったですよ」

「正直に申しあげて、どうなさったのかと思いました。理由を聞いて安心しました」

物事をはっきり言う人間に、私は点が高い。面接に来て、この顔を見れば、誰だって疑問に思い、想像を巡らせて当たり前。だが、多くの人間は、胡桃沢のようなことは口にせず、黙っているのが普通である。「大したことなくてよかったですね」というようなことを口にしたら、世慣れすぎていて、却って印象が悪くなったろうが。

履歴書をざっと読んだ。山梨の出身。歳は二十八歳。向こうの高校を出てから東京の私大に進み、現在は神田にある農機具専門の商社で働いている。売り込み先がヨーロッパということもあって、普段から英語をよく使い、出張した経験もあった。趣味はテコンドー、読書、映画鑑賞とあった。

「で、なぜ、今の会社を辞めたいんですか？」私が訊いた。

「今の会社の三代目社長は私の大学時代の先輩なんですが、放漫経営で、会社が危ないんです。ずっと我慢していたんですが、私、社長に意見しました。それが原因で関係が悪くなり、居づらくなったんです」

「うちの社を選んだ理由は？」幸雄が口をはさんだ。

「偶然、募集を見て、旅行業の経験はないですが、英語はまあまあできますし、外国にこれからも行けるかもしれないと思って」

私は上目遣いに胡桃沢を見た。「他の社を受けました？」

胡桃沢の目尻がかすかにゆるんだ。「はい。これまでのキャリアを生かせる会社で働きたいと考えていましたが、なかなか思うようにはいかなくて。でも、もしも雇っていただけたら頑張ります。こんなこと言ったら失礼ですが、僕は小さな会社で、自分の力を発揮するのが向いていると思っています」

私はわざと沈黙した。胡桃沢は微動だにしない。瞬きを二回しただけである。

「君が正直に物を言うから、私もそうするが、実は、私はよく怒鳴るんだ。悪い癖だとは分かってるが、なかなか直らない。君は、怒鳴られた経験はありますか？」

「父親がそういう人でした。ですから、おそらく大丈夫だと思います」

「どうかな。社長の雷はすごいよ」幸雄が目尻に笑みを溜めた。

胡桃沢が真っ直ぐに私を見つめた。「いいことを本人に言っておきながら、裏で悪口を言う人がいますよね。僕はそういう人が苦手というか、大嫌いです」

私は大きくうなずいた。「私も同じだな」

一瞬間が空いた。

もう一度、履歴書に目を落とした。

住まいは杉並区荻窪四丁目だった。大事な客が近くに住んでいる。マンションの名前は〝グラント・ハイツ〟。昔、成増にあった米軍の施設と同じだった。

「社長、そろそろお時間じゃないんですか」幸雄が言った。

私は腕時計に目を落とした。「まだ、大丈夫だ」

この会話、ふたりだけのサインになっている。幸雄が相手を気に入った場合は、そういう質問を私に向けるのだ。私の答えは、同意見だという意味である。

「胡桃沢さん、他にも応募者がいますので、今週中に書面で回答します」私が言った。

「よろしくお願いします」

胡桃沢は頭を下げ、部屋を出ていった。

私は煙草に火をつけた。「あいつは使い物になりそうだな」

「私もそう思いますが、来てくれるかな」

「俺に失態があったか？　煙草、吸いたくなったが我慢したよ」

「社長はパーフェクトでしたが、彼が、必死で就職先を探してるって感じがしなかったのが、ちょっと気になって」

「そうかあ？　でも、人の心を読むのが俺よりも上手なお前に言われたらそんな気がしてきたよ。他の社の面接も受けてるって言ってたしな」

「うちが、いわゆる滑り止めの可能性もあります」

翌日、早速、採用通知を速達で送った。

幸雄と一緒に残業をしてから帰宅した。

居間にいた千穂の態度が明らかに変である。

「どうした、浮かない顔をして」

千穂は答えない。

私は着替えてから、もう一度居間に戻った。

煙草に火をつけた。千穂が換気扇を回した。

「綾香、今夜、帰ってこないわよ」

私は身を乗り出した。「山本とかいう男のところに泊まるってことか」

千穂がきゅっと唇を左右に引いた。「違いますよ。麗子さんのとこに行ったの」

麗子は綾香の親友である。

私は訳が分からなかった。

「山本さん、綾香に急に冷たくなったんですって。それで、すごく落ち込んでるの」

「ただのボーイフレンドだって、綾香本人が言ってたじゃないか。それなのに……」

「あなた、女の気持ちがいつまで経っても分からないのね」

〝いつまで経っても〟という言葉に、千穂の気持ちが籠もっているようだから、一言いいたくなったが我慢した。

「山本さん、ここに来た翌日から、そっけなくなったそうよ」

「俺のせいだと言いたいのか」

千穂はそっぽを向いた。それが答えだった。

「俺はあいつに愛想よくはなかったさ。だけど、それが原因で、冷たくなったなんて信じられんよ。でも、何であれ、よかったじゃないか。父親が性に合わないぐらいで、冷たくなる男なんて最低だよ」

「私もそう思うわよ。だけど、綾香があなたの顔、見たくないって言ってるの」

「そんなに好きだったのか」

「鈍感ね、まったく」

私は煙草を消した。「千穂、俺はあの男にちょっとした疑いを抱いたんだ」

「疑いって……」

私は、モンディアルTVの人間を怒鳴ったことから話を始め、今の若者に対する幸雄の見解も教えた。

「じゃ何、山本さんは、あなたが怒鳴った相手で、それを恨みに思って、綾香に近づいたって言うの。そんな馬鹿な」

「久保田に言われなかったら、俺も考えもしなかったさ。だけど、ちょっとしたことをいつまでも根に持つ人間が増えたと思わないか。何もそれは若い奴に限ったことじゃないが、打たれ強くない人間は傷つきやすい。それを癒すために、とんでもないことをしでかすことってあるじゃないか」

「そうね。事件のニュースを見てると、時々、何でここまでやってしまうんだろうって思うことあるものね」

「日本は自由な国だけど、ちょっとでもレールから外れると生きにくい社会になってる。だから人と違うことがやりにくい。俺は、そういうのが嫌で独立したんだよ。表向きは大人しくして羊の群れに混じって暮らしてるけど、内心苛々《いらいら》してる人間が多い気がするな」

千穂が私を目の端で見た。「あなたは苛立つと怒鳴って、その場で発散するけど、そういう人って今は化石みたいなものよ」

「陰にこもるよりはマシだろうが」

千穂はそれに答えず、またそっぽを向いてしまった。私が思ったよりも、千穂は、私の怒鳴り癖に閉口してきたらしい。

「あなたが殴られた事件も、山本さんが裏で糸を引いてたって、あなたは本気で思ってるの」

「分からない。綾香に近づいただけで、あの事件とは無関係かもしれない」

「あなた、辺り構わず怒鳴るのはもう止めて」

「その言い方は何だ。俺は辺り構わず怒鳴ったりはしない。筋が通らない時に怒鳴ってしまうんだ」

千穂がうんざりした顔をした。「またそんな大声出してる。この間、パン屋の奥さんに言われたわ」

「何て？」

「私が耳がいいって言ったら、ご愁傷様って」

「あそこの主人もよく怒鳴るそうだな」

「そのせいで、奥さん突発性難聴になったの。早くに見つかったから、事なきを得たんだけど。いつか私もそうなるかもしれないわよ」

　突然、隣の家から音楽が聞こえてきた。

「またかあ」私の顔が歪んだ。

「あなた、怒鳴らないでよ。あの息子、恐いの。ひょっとしたら、あの息子があなたを……」

「俺が怒鳴ったのは、あいつだけじゃないから何とも言えないよ」

　しかし、うるさい。我慢ができずに、玄関に向かった。ドアを開けた時、向こう隣の男が、問題の家のチャイムを鳴らしていた。

　私とその男で注意をした。それでやっとボリュームが小さくなった。

　居間に戻った私は舌打ちし、背もたれに躰を倒した。「怒鳴らなかったよ。綾香に伝えておいてくれ。山本とかいう男に愛想が悪かったわけを」


　翌日、胡桃沢仁から電話があるかと期待したが、連絡はなかった。書面で知らせてくる可能性もあるから待つことにした。

　一仕事を終えて事務所に戻った私は、パソコンのメールを開いた。

　驚いた。

　山本宏典。件名にそう書かれていたのだ。

『尾崎昌雄様

綾香さんからアドレスを聞き、メールした次第です。先ほど、綾香さんから、事情を聞きました。

顧客である尾崎さんの相手をしたのは、確かに私です。怒鳴られた時は腹が立ちましたが、すぐに忘れてしまいました。このように書くと、顧客のお叱りを無視しているように思われ、またもや怒鳴られそうですが、本当に覚えていませんでした。日に何本もの電話を受けていた私には、恨みを持つような時間はまったくありません。

綾香さんと知り合ったのは偶然です。綾香さんの苗字を聞いても、家族の話になっても、あの時に私を怒鳴った人のお嬢さんだとはまったく気づきませんでした。

思い出したのは、あの夜、名刺をいただいた時です。最初は、この名前に記憶があるという程度でしたが、話をしているうちに、ひょっとして、と思ったのです。翌日、記録を調べてみて、あの時の方だと分かったのです。

綾香さんと付き合って日は浅いですが、私は、彼女との結婚を考えていました。しかし、尾崎さんが、あの時の〝声の小さな男〟が自分だと気づいたのではないか。そう思った途端、恐くなりました。

私は群馬の生まれで、家は農家です。失礼ながら、父が、尾崎さんのように怒鳴る男で、手を上げることもありました。かなり歳の離れた兄がいるのですが、兄もまた同じような性格の男でした。私が気の弱い臆病な人間のせいでしょうが、学校から家に帰っても怯えて萎縮していました。唯一の救いは母親が優しくしてくれたことです。ですから、年上の男の人と面と向かって話すのが苦手なのです。私のようなトラウマを持ってない方には理解しがたいことでしょうが。

こんな愚痴めいたことを書く気になったのは、暴行事件の犯人かもしれないと、尾崎さんが私を疑っていると聞いたからです。

私は、尾崎さんが被《こうむ》った暴行事件には何の関係もありません。そして、繰り返しになりますが、何か意図を持って、綾香さんに近づいたのではありません。

こういう話も、直接お会いしてするべきなのでしょうが、お会いしたら、何も言えなくなってしまうかもしれないので、メールでもって誤解を解く方がいいと考えたのです。

これからは、誰に対しても、できるだけ大きな声で、言いたいことを面と向かって言えるように努力します。モンディアルTVの顧客サービスセンターの評判のよくないことは他からも聞いています。責任のある立場に立って、それが初めて実感できました。微力ながら、改善していくつもりですので、引き続きモンディアルTVをよろしくお願い申し上げます。

山本宏典拝』

2013年3月×日

メールを読み終わった私は回転椅子の背もたれに躰を預けた。

山本の言ったことを私は信じた。文面には表れていないが、疑われたことに憤慨したらしい。

このような真摯《しんし》なメールをもらったことで、山本に対する見方が変わった。

返信しようとした時、幸雄が帰ってきた。私は、彼に事の次第を話し、山本からきたメールを読ませた。

「しっかりした男じゃないですか」

「だから困るんだよ」

「何がです？　やっぱり、お嬢さんがこの男と付き合うことに反対なんですか？」

「そうじゃない。こうやって彼の考えてることが分かった今は、しゃべるのが苦手でも、気にならない。だけどな、これだと、対面する前にメール交換して、お互いの思いを語らないといけなくなるじゃないか。彼自身も認めてるが、メールというコミュニケーション・ツールでは思いが語れるのに、面と向かって話すのは苦手というのはやはり問題だよ」

「社長のおっしゃる通りですが、パソコンや携帯、それにスマホしか知らない世代が大人になったら、コミュニケーションのやり方が根本的に変わって、それはそれですんでしまうようになるんじゃないですかね」

「お前はいやに若者の肩を持つんだな」

「肩を持つ気はありません。前にも言いましたが、この手の人間を上手に使っていかざるをえなくなるから対応しようと思ってるだけです」

「俺の怒鳴り声が吹き込まれたテープが、数世紀後に発見されたら、恐竜の化石みたいに扱われるかもな。その頃の人間は話すという機能が退化してて、ソフトコンタクトを入れる感じで、脳にチップをはめ込み、会話する。怒鳴ったりしたら、即絞首刑。それが俺だったら、胸を張って死刑台に上がるね」

「その頃は、脳の手術がパソコンの修理のように行われてるでしょうから、社長は殉教者にもなれませんよ」

私は声にして笑った。「ヒロイズムも死滅するってわけか」

幸雄は曖昧に笑って、それには応えなかった。

他の社員が戻ってきた。報告を受けた後、私は山本に返信した。

『山本宏典様
メールありがとう。私が誤解していたことを謝ります。大変、失礼しました。

貴君の気持ちも理解しました。娘とのことには口をはさみませんが、もしも付き合いが継続するようであれば、一度、食事でもしましょう。恐れずに受けてください。貴君は、人とナマで話すことに慣れるように努力し、こちらは怒鳴り癖を直すようにする。当面、我々の課題はそこにあるようですね。貴社の人間の応対については本気で改善してください。

尾崎昌雄』

その夜は顧客と会食し、二軒ほど飲み屋を回って深夜近く帰宅した。シャワーを浴びて居間でビールを飲んでいると、綾香が現れた。

「山本さんから連絡あったよ。お父さんのメールに感激してた。ありがとう」

「お前に礼を言われる筋合いのもんじゃないよ」

「でも、嬉しかった。お休みなさい」

「うん。お休み」

あの声の小さな男が将来、義理の息子になるかもしれない。もしもそうなったら、きっとまた苛立つだろう。そんなことを考えながらビールを飲み干した。

胡桃沢から電話があったのは、翌日の午後だった。

「採用通知、受け取りました。でも、申し訳ないんですが、まだしばらく今の会社に残ることにしました。退職届けを出したら、社長に強く引き留められたんです。私の意見を聞き入れてくれると言われたら、辞めにくくなりました。この間、お話ししたように社長は私の大学の先輩ですから。もう一度、彼をサポートしてみたいと思います」

「その人のことを悪く言う気はないですが、一時の甘い言葉かもしれませんよ」

「分かってます。でも、先輩にもう一度チャンスをあたえてやりたいんです」

「そういう発言を聞くと、ますます君に来てもらいたい気持ちになる。何とかならないか」

胡桃沢は一瞬黙ってから、もう一度詫びの言葉を述べた。

「分かりました。そういう事情であればいたしかたないでしょう。もしもまた辞める気になったら、うちに連絡をください」

「私のことをそこまで買っていただいたことに感謝します。それではこれで」

沈んだ声で胡桃沢はそう言い、電話を切った。

期待していた胡桃沢に袖にされた私はがっかりしたが、いつまでも彼に拘《こだわ》っているわけにはいかない。もう一度募集をかけた。

採用面接を受けにきた人間は、今回も帯に短し襷《たすき》に長しだった。

しかたなくイギリスに留学していたという若者を雇った。これがまた期待外れで、英語はうまいが、役に立たなかった。声が小さいわけでも、はきはきしてないわけでもなかったが、嫌な思いをしたくないからだろう、交渉事はすべて避けて、相手の言いなりになるのだった。我が社が赤字になることが分かっていても、空約束をしてしまうこともあった。

堪忍袋の緒が切れた。

「うちを破産させる気か。こんな契約なら、猿でもできる」

そう怒鳴った翌日から、その若者は会社に出てこなくなった。

社員を補充できないまま、春を迎えた。これからが旅行シーズンである。社員全員が東奔西走していた。

綾香は山本との付き合いを復活させた、と千穂が教えてくれた。食事の約束をしたことは忘れていなかった。しかし、時間が取れない。山本にメールを打ち、その旨を謝った。返事はすぐにはこなかった。ちょっと腹が立ったが、そんなことを気にしている暇はなかった。忘れた頃に長文の返信が届いた。きちんとした内容だった。このタイムラグも不思議だが、幸雄に言わせると、若者とメールをやっているとままあることだという。緊張と自意識が邪魔をして、父親のような歳の人間には即レスしにくいらしい。

神奈川県警の刑事ふたりが事務所にやってきたのは、四月半ばのことだった。

あの事件のことを忘れたことはなかった。人気のない通りを、深夜歩いている時は、常に周りを気にしていた。

「二月に尾崎さんを襲った二人組ですが、こんな感じの男たちでしたか？」

写真を数枚見せられた。顔写真もあったが、私が目に留めたのは、道に設置された防犯カメラの画像だった。

「感じは似てますが、はっきりとは……」私は首を横に振った。「この男たちは何者なんです？」

縮れ髪の刑事が口を開いた。「〝ストリート・ファイター〟と名付けた闇サイトを持っていて、依頼を受けて、客が殴りたい相手を殴って金にしている男たちです。逮捕のきっかけは横浜での傷害事件でしたが、余罪を追及すると、尾崎さんを殴ったと、男のひとりが自供しました」

鼓動が激しくなった。「それで、依頼人は誰だったんです？」

刑事がメモ帳に目を落とした。「以前、ここで働いていた船津健太という人物です」

私は深い溜息をついた。「彼も逮捕されたんですね」

「いえ。事情聴取にうちのものが、山口まで出かけてますが……。尾崎さん、被害届を出されますか？」

私は口を開かなかった。被害届を出そうかどうしようか迷ったのではない。犯人が船津だったらほっとする。幸雄にそんなことを言ったが、ほっとするどころか重い気持ちになって、言葉が出てこなかっただけである。

「こちらとしては、被害届を出していただきたいんですけど」

「船津は、私を恨んでいたんでしょうが、私は彼をいじめたこともないし、殴ったこともないですよ。仕事がいい加減だから怒鳴ったことはありますがね。でも、一杯飲ませて、優しく注意したこともあります」

刑事たちは、私の言い訳めいた発言を無視した。

「被害届が出されないとなると、犯罪そのものが存在しないことになります。それでも逮捕できる場合はあるのですが、今回の事案は、事情聴取だけで終わるでしょう。船津を逮捕しても、不起訴処分になる可能性が高いですから」

「実行犯は同じような事件を何度も起こしてるんでしょう？」

「今のところ、三件の被害届が出てますので、起訴されることは間違いないですが、やはり、被害届は多ければ多いほどいいんです」

「申し訳ないですが、やはり、船津は社員だった人間ですから、被害届は出したくありません。怪我も大したことはなかったし」

「それでも出していただけませんかね」

私は首を横に振った。

「そうですか。それじゃ、しかたありませんね。では私たちはこれで」

刑事たちが帰っていっても、私は応接室から出ることができなかった。

怒鳴ったぐらいのことで、犯罪のプロのような連中を雇ってまで、私に危害を加えたかった。私は本気で恐くなってきた。しかし、気の弱い船津だから、事情聴取を受けただけで震え上がっているに違いない。こちらとしてはそれでもう十分だった。

この件は、幸雄にだけ話して社員には告げなかった。むろん、家族にも。

嫌な気持ちはしばらく残ったが仕事が忙しくなるにつれて忘れてしまった。


そんなある日、私は荻窪に出かけた。日曜日だったが、ゴールデンウイーク明けに、ヨーロッパに出かけたいという老夫婦の家を訪ねたのだ。資産家の夫婦は、ツアーには参加せず、個人的に旅行に出たいと言ってきたので、プランを作り、持っていったのである。

話がまとまり、彼らの家を出た時、ふと胡桃沢のことを思い出した。彼の住まいも荻窪四丁目だった。正確な番地は覚えていなかったが、マンションの名前は記憶に残っていた。交番で訊いて、住宅地図で探してもらった。マンションの場所はすぐに分かった。

胡桃沢の部屋は三階にあった。オートロックのチャイムを鳴らすとインターホンに男が出た。

「胡桃沢さん？」

「はい」

「『アジャンス・プリベ』の尾崎ですが」

「……………」

「胡桃沢仁さんですよね」

「は、はい。でも、尾崎さんなんていう人は知りません」

「何だって！　私のことを知らない？　君、どうした……」

それ以上、何を言っても、相手はインターホンには出なくなってしまった。

声の感じがまるで違った。これは一体どういうことなのだ……。

訝《いぶか》りながらホールを出ようとした時だった。面接を受けにきた男が、マンションに入ってきた。

私を見た途端、男の顔が蒼白になった。

「君、どうなってるんだ。今、私は胡桃沢仁と話したぞ」

男は鍵を手にして、インターホンに近づいた。

「君は誰なんだ。胡桃沢仁じゃないのか。はっきり答えろ」私は声を荒らげた。

鍵を持った男の手が震えている。

私は内ドアの前に仁王立ちになり、男を睨んだ。

「すみません。忘れてください」

「忘れてくださいだと。ふざけるな」私は大声で怒鳴った。

管理人室の窓が開いた。

男の携帯が鳴った。男が電話に出た。

「……ああ、分かってる。今、一緒だから……。うん、そうする」

鍵穴に鍵をさし込んだ。内ドアが開いた。

「僕の部屋で話します」

私は男について エレベーターに乗った。男は俯《うつむ》いたままだ。

四階でエレベーターを降りた。表札には塩田と書かれていた。

ワンルームだった。部屋に入るなり、男はフローリングの床に正座し、目を伏せた。

「座っていいか」

男がうなずいた。

私はラブチェアーに浅く腰を下ろした。「塩田っていうのが本当の名前か」

「はい」

私は煙草に火をつけようとしたが、灰皿が見つからなかった。我慢することにした。

「話せ、本当のことを」

「どうしてここまで来たんですか?」

「質問してるのは俺だ」

声を抑えようとしたができなかった。

「あなたがどんな人間か知りたかったんです」

「なぜ？」

「あなたが陰険なことをしたと思ったからです」

「俺がお前に陰険なことをした？　どういうことだ」

「僕はB社の顧客サービス係で、尾崎さんの質問に答えた人間です」

「ああ。無線LANのことで電話した時の……。とてもよくしてくれたよな。俺は君を褒めた。それが陰険なことなのか」

「アンケートに答えましたよね」

「答えたよ」

「あれだけ褒めてくれたのに、あなたは、〝応対が極めて悪い〟というボタンを押した」

塩田が顔を上げた。「どうしてそんなことができるのか、僕には分からなかった。こんなに裏表がある嫌な人間はいないって思いました」

私はきょとんとしてしまった。「私は、〝応対が大変よかった〟ってボタンを押したよ」

「嘘です。ボタンが嘘をつくわけないですから」

「コンピュータの誤作動だよ、それは」

「……」

はっとした。アンケートに答えようとしていた時、キャッチホンが入り、携帯も鳴った。無視したが、気が焦っていて、最後までガイダンスを聞かなかったのかもしれない。

「私がボタンを押し間違えた可能性はあるな」

「お会いした後、僕もそういう気になりました」

「しかし、それだけのことで、うちの社が募集をかけていたことを調べ上げ、偽名まで使って、面接を受けにきたのか」

「……」

「本物の胡桃沢って男もグルなんだな」

「胡桃沢仁は僕の従兄弟です。履歴に書かれていたことの大半は彼のことです。彼に、ひどい客がいると教えました。彼もひどい奴だと言い、ふたりでネットで、あなたの会社のことを調べました。それで社員を募集してることを知ったんです。尾崎さんが私の名前を覚えていると困るから、彼に頼んで名前を使わせてもらいました。従兄弟にもひどいことをする男の顔を見てこいって言われて」

「お前は顧客情報を利用して、ああいうことをやった。それが会社にばれたら、クビだな」

塩田が、私の会社の所在を知ることはいともたやすいことである。会社でも、塩田の働いている会社の製品を使っていて、契約者は私なのだから。

「お願いですから、会社には言わないでください」

「私は本気で、君を雇いたかった。だから、今日だってここに。このクソがきが」私はまた怒鳴ってしまった。

塩田が泣きだした。「僕は、尾崎さんに会ってから、何て馬鹿なことをしてしまったんだと後悔しました。すみませんでした」

頭を床につけている塩田を見つめた。こいつは本気で謝っているのか？　これも演技かもしれない。

「会社には言わんよ。私は君ほど陰険じゃないから。裏表があるのは私じゃなくて、君だよ。悔しいがすっかり騙《だま》された」

私はそう言い残して、部屋を出た。

不快で不快でしかたがなかった。

声が小さくて、はきはきしていない人間に苛立ちを覚えて怒鳴り、明るく明快な話をする塩田のような人間を簡単に信用してしまう。

自分は、何と人が読めない単純な男なのだろうと愕然《がくぜん》とした。私は肩を落として駅に向かった。

家に戻った。山本が遊びにきていた。相変わらず声は小さいし、緊張した顔をしている。「やあ、よく来たねえ」

抱擁せんばかりの感じで山本に相対した。千穂と綾香の視線を感じた。いつもと明らかに様子が違うと感じたらしい。

いろいろな話題を山本に振ったが、決して彼は饒舌《じょうぜつ》にはならない。愉《たの》しいのか愉しくないのかも分からない。

普段だったら苛立ち顔になるところだが、終始上機嫌を装った。塩田という男に騙されたショックが尾を引いていたものだから、却って芝居ができたのだ。

「お父さん、何かいいことあったの？」綾香に訊かれた。

「別にないよ。これからはだな、お父さん、人を怒鳴るようなことはできるだけ避けようと思ってる」

「急にそんなことを言うと、今、怒鳴りたいことがあるみたいに聞こえるわよ」千穂が口をはさんだ。

「お前に注意されたことを、これから本気で実行しようと思ってるってことだ」私は煙草をふかした。

「嬉しいわ。ついでに煙草も止めてくれるといいんだけど」

調子に乗るんじゃない。心の中で怒鳴ったが、表情は実に柔らかい。

「宏典さんに気を遣うことないのよ。彼、お父さんのこと理解してるから」

そんなに簡単に理解されてたまるか。会うのは今日が二度目じゃないか。

「山本君、ビールでも飲むか」

「僕は酒が駄目なんです。すみません」

情けない男だな。

突然、隣の部屋から大音量の音楽が聞こえてきた。

またか。私は眉をひそめた。

「あなた、喧嘩しないでくださいよ」千穂が窓を閉めた。

それでもうるさくてしかたがなかった。

我慢、我慢。

マンションでも問題になっているはずだ。私が怒鳴らなくても、いずれは収まるだろう。

綾香がいきなり、立ち上がりベランダに出た。そして、手摺《てす》りから躰を乗り出した。

「うるさいよ、いい加減にしろ‼　警察呼ぶよ」

驚いたのは私だけではなかった。千穂も山本も唖然《あぜん》として口を開けない。

音が小さくなった。

開け放たれた窓から、春の気持ちのいい風が流れこんできた。

私は大声で笑って娘に拍手を送った。

千穂は顔をしかめ、山本は弱々しい笑みを浮かべていた。

綾香の怒鳴り方はさすがに父親譲り、迫力満点だった。意外なところに、頼もしい跡継ぎがいたものだ。

胸の底にたゆたっていた嫌な思いが、跡形もなく消えた。

一気にビールを飲み干した。久しぶりに旨《うま》いビールだった。

通報者

車内は空《す》いていた。その分だけ軽くなったのか電車がよく揺れた。家を出た時よりも雨風が強くなったようで、車窓に雨粒が弾《はじ》け飛んでいる。

正面に若い女が座っていて居眠りをしていた。

私はスポーツ新聞の上端から女を盗み見た。

縞《しま》模様の短いタイトスカートを穿《は》いた女だった。太い股《もも》が、電車が揺れる度に焦《じ》らすように開いた。

私の視線は太股を舐《な》めるようにしてスカートの奥へと進んでいった。

覗きの趣味もなければ、盗撮なんて馬鹿なことは考えたこともない。しかし、目の前で女に股を開かれたら、目が行ってしまうのは男のサガである。

印刷会社を定年退職して丸一年が経った。大学を出て四十年近く、同じ会社に満員電車に揺られて通った。

ゴルフ練習場で知り合った女と結婚した。子供はふたりいる。いずれも男の子で、すでに独立し、私たち夫婦とは暮らしていない。特に家庭的な男というわけではないが、女で問題を起こしたこともなければ、ギャンブルにのめり込んだこともない。

十二、三年前に、会社の裏通りにあった文房具屋の出戻り娘に淡い恋情を抱き、何度か食事をしたり映画を観に行ったりしたが、深い関係になることはなかった。エロ本を立ち読みするようなことも滅多《めった》にしなかった。個室ビデオ店に入る勇気もなかった。

真面目な性格と言えば聞こえはいいが、自意識と自己保身が邪魔をして分別の檻《おり》から出られないだけの話。私は自分の気持ちをよく知っていた。

まもなく次の駅に着くという車内放送が流れた。女が起きた。私は新聞に目を戻した。

朝の満員電車での、自分の恰好がふと脳裏をよぎった。頬がかすかにゆるんだ。

出来るだけ万歳をしていたのだ。それは痴漢に間違われないようにするための対策だった。

そこまで神経を遣うようになったのには理由がある。

同僚のひとりが、そうしたほうがいいと忠告してくれたのだ。その男には痴漢で捕まった経験があった。彼は犯行を否認した。女の証言が極めて曖昧だったらしく、起訴はされずに釈放された。しかし、それでもって無実だと証明されたわけではなかった。周りの目が気になったのだろう、鬱病を発症し、長期休暇を取った。そして、結局、会社を辞めていった。

「ラッシュの時、電車の中では万歳をしてないといけません。じゃないと、私のような悲劇が起こりますよ」

最後に会った時、彼が異様な眼差しを私に向けてそう言ったのだ。

あの時の彼の目つきが印象に残っていたからだろう、私は彼の忠告を忘れなかった。ラッシュ時の万歳は、その後もしばらく続くはずだった。再雇用され、子会社で働くことが決まっていたからである。しかし、会社の業績が悪化したことを理由に、その話は退職直前になくなった。座ろうとしていた椅子が突然、消えたようなもの。脱力感が全身を襲った。その話を聞いた日も、いつものように真っ直ぐに帰るつもりで電車に乗った。しかし、飲まないといられない気分になり、駅前の居酒屋に入った。一杯が二杯……焦燥感を肴《さかな》に飲み続けた。

店を出ても、まだ家に戻る気にはなれず、近くの公園に足を運んだ。

見頃を迎えたツツジの赤が、庭園灯の光を受けてぼんやりと浮かび上がっていた。五月にしては風は冷たかったが、落胆の酒に酔った頰には心地よかった。煙草に火をつけ、闇に沈んだブランコをただ見つめていた。

どれぐらい経った時だったろうか、後方で足音がした。振り向くと、藤棚を背にして、長い髪を振り乱した女が私に向かって走ってきた。

「助けて。変な男が尾《つ》けてくるんです」

女の顔は半ば陰になっていてよく分からなかったが、若い女ではなかった。

藤棚の向こうに男のシルエットが見えた。私は藤棚の方に向かった。男の影が公園の外に去ってゆく。追いかけた。男が振り返った。

私の足が止まった。街灯に浮かび上がった男の顔に見覚えがあった。

最近、私の町内に引っ越してきた佐竹という家の息子だった。名前は知らない。

佐竹の息子は建物の角を曲がり、姿を消した。中程度の大きさの紙袋を持っていた。

私は女のところに戻ろうとした。だがもう女の姿はどこにもなかった。

失礼な女だ。礼ぐらい言うのが常識だろうが。馬鹿女が。私は心の中で悪態をつき、家路に就いた。

逃げ去った佐竹の息子のことが気になった。

最近、この地区で、いたずらをされた、或いは後を尾けられたと訴える女性が増えていると聞いていた。

佐竹家のことはよく知らない。流通の会社で働いている夫と専業主婦の妻、それに失業中の息子がいるということを、私の妻から聞いてはいたが。父親と息子には、近くを流れる川の畔《ほとり》で会った時に挨拶された。だが、母親には会ったことがなかった。付き合いがないとはいえ、女を尾けていたのは、同じ町内に住む人間である。嫌なものを目撃してしまったという思いが胸をざわつかせた。再雇用がなくなったショックは薄らぎ、酔いも醒めた。

この事件を警察に報告すべきかどうか。悩みながら、人気のない住宅街を進んだ。

被害者が姿を消してしまったのでは、警察がまともには取り合ってくれるはずはない。

それに、佐竹の息子が後を尾けていたかどうか、はっきりと見たわけでもない。

放っておくのが正しい選択だと思った。が、近所の人とトラブルを起こしたくないというのが本音だった。

その小さな事件が引き金になり、忘れてしまっていた過去が頭に浮かんできた。学生時代にも或る事件を目撃したことがあった。それが原因で、私は住み慣れたアパートを出た。あの時は通報者だと誤解されたのだが。

元気のない自分の影が夜道に映っていた。佐竹の家が見えてきた。私は足を止めた。鼓動が激しくなった。

佐竹の息子は私を見ている。もしも彼がいたずら目的で女を尾けていて、この地区でこれまでに起こった同類の事件の犯人だったら、目撃者をそのまま放っておくだろうか。何らかの形で脅してくる。私のみならず家族に危害を加えるという強硬手段に訴えてくる可能性もなきにしもあらずだ。

見て見ぬ振りが仇《あだ》となって、とんでもないことになったらどうしよう。警察に行くべきだ。私は踵《きびす》を返した。だが、三歩も歩かぬうちに、再び立ち止まってしまった。

私の訴えを警察が聞き入れ、佐竹の息子が事情聴取されたとする。結果、彼が犯人だということが明確になればいいが、そうならなかったら……。彼は私に恨みを募らせるかもしれない。まったく不良っぽくない、大人しそうな青年だが、そういう若者が、考えられないことをしでかす世の中ではないか。

「クソ」私は天を仰いだ。

再雇用の話が消えたのが悪いのだ。事が決められた通りに運んでいたら、駅前の飲み屋に入ることもなかったし、公園にも行かなかった。公園に行かなければ、嫌なものを見ずにすんだ。三十七年もの長きにわたって、真面目に勤め上げてきた私に対して会社はあまりにも冷たい。不安定な心が、会社への恨みにすり替わった。

しかし、そんなことに拘《こだわ》っていてもしかたがない。それよりも警察に行くべきか否か、早く決めなければ。

私は通報することに決めた。

最寄りの警察署に行った。話を聞いてくれたのは生活安全課の刑事だった。

「被害者が特定できないのではねえ」刑事は残念そうに言った。

納得して引き上げようとした時、刑事が一枚の似顔絵を私に見せた。

「これが今日の午後に出来上がった、この辺で女性にイタズラしてる男の似顔絵なんですけど」

「似てます。佐竹さんの息子に」

刑事から笑顔が消えた。

家に帰ると、私は妻に公園での出来事を話し、警察に行ったことも教えた。再雇用がなくなったことは言いそびれた。

「真面目そうな子よ。何かの間違いじゃないの」妻の信代が言った。

「でも、見せられた似顔絵、佐竹さんとこの息子に似てたよ。名前、何て言うのか、お前知ってるか」

「伸一だったと思う」信代の表情が翳《かげ》った。「でも、伸一君じゃなかったらどうするのよ」

「だから、間違いないって言ってるだろうが」私は声を荒らげた。

信代が目の端で私を見た。「あなた、公園で何してたの?」

「え? ああ、煙草が吸いたくなってな」

「あの公園、うちとは逆の方向にあるのよ」

「他にあの公園に寄る用なんかないよ」

私はむっとして居間を出た。

それから十日ほど経ってからのことだった。仕事中に、信代から携帯に連絡が入った。信代の話を聞いて私は絶句した。

佐竹伸一がドアノブを使って首をくくり自殺したというのだ。

胸を掻きむしりたいほどの嫌な気分が私を襲った。自殺したということはやはり犯人だったのだ。自業自得だ。私は何度も心の中でそう言い聞かせた。しかし、その日は仕事が手につかなかった。

伸一の葬儀は密葬だったので、香典《こうでん》だけ包んで町内会長に渡した。

葬式が終わった後、佐竹夫婦は姿を消した。家を売りに出しているという噂が耳に入った。

その直後、さらに私を打ちのめす報道がなされた。女にいたずらをしていた真犯人が捕まったというのだ。

私が通報しなければ、伸一という青年は死なずにすんだ。自責の念が重くのしかかった。信代に強く言われて医者に行き、精神安定剤をもらった。布団から出るのが辛くてしかたがない朝もあったが、起きなければ立ち直れないだろう。私は無理をして出勤した。

「あなたは正しいことをしたのよ」

信代が明るい調子で何度もそう言ってくれた。この時ばかりは妻に深く感謝した。再雇用がなくなったことも、信代はまるで気にしていなかった。

家でぶらぶらしていると、暗いトンネルを彷徨《さまよ》っているような気分が増すばかりだった。仕事を探した。経理の仕事が長かったので、同じ仕事に就きたかった。面接を何度も受けた。しかし、今のところ採用には至っていない。

一年がすぎても、佐竹の家は、売れないままである。玄関先を雑草が被《おお》い、門扉の塗料も剝《は》げ始めていた。近所の人は放火などの犯罪を心配し、佐竹の居場所を探し出し、抗議したいと言い出す者も現れた。

鬱状態からは何とか抜け出られたが、その後も私の胸は暗く澱《よど》んでいた。

家の近所にもいたくなかったし、あの公園に足を伸ばす気にもなれなかった。再就職できずにいた私は、学生時代の友人に会いにいったり、東京の街をぶらついたりして所在ない時をすごした。

その日、電車を乗り継いで向かった先は、築地《つきじ》市場の近くだった。学生の頃、市場でアルバイトをしていた。アパートは市場から少し離れた隅田川沿いの地区にあった。

佐竹親子と会った川の畔に佇んでいた時、青春時代を過ごした地区に行き、滝川銀治《ぎんじ》を探そうと、突然思い立った。

銀治に会って、誤解を解きたくなったのだ。たとえ誤解が解けなくても、ともかく会えるのであれば会いたかった。自分のやったことが伸一という青年の命を奪った。そのショックに比べたら、銀治に冷たい顔をされるぐらいは平気だった。

荒れ模様の天気だということは分かっていたが、私は東京郊外にある家を出た。

最寄りの地下鉄の駅で降りた。階段に雨が吹き込んできた。私はビニール傘をさし、佃《つくだ》地区に通じる橋を目指した。

私の住んでいたアパートは、そこからすぐのところにあった。

アパートの住所は覚えていない。昔の手紙が残っていれば、と探したが、度重なる引っ越しのせいだろう、見つからなかった。

街並みががらりと変わっていた。長屋と小さな民家、そして工場に倉庫しかなかった場所にビルが立ち並んでいた。

蕎麦屋《そば》、薬屋、鉄工所……。記憶の底を探って、昔の風景を思いだそうとした。或るビルの前に立った。ビルの一階は、昔からある薬局だった。

薬局の前は今もバス停。少しずつ記憶が甦ってきた。

バス停の後ろには大きなタワーマンションが建っていた。私が暮らしていた頃は、印刷所や理髪店や洋裁店などの小さな店が犇《ひし》めき合うように軒を連ねていたのだが。

住んでいたアパートの場所の見当がついた。私は通りを渡り、タワーマンションの裏通りを進んだ。タワーマンションの建っているところに、昔路地があったが、それも潰されていた。次の角を右に曲がった。通っていた銭湯はマンションに姿を変えていた。銭湯跡を通りすぎ、広い通りに出た。左に折れて、次の路地に入った。広い通りから三、四軒先の左側が、私の住んでいた〝滝川荘〟だった。

急に風が強まって、傘の骨が折れそうになった。

〝滝川荘〟があった正確な場所は特定できなかったが、今自分が立っている辺りにあったことは間違いない。そこは、銭湯を潰して造られたマンションの駐車場と駐輪場に変わっていた。アパートの隣が大家の家だったがそれも跡形もなく消えている。

風に煽《あお》られるビニール傘の柄をしっかりと握って、私はその場にしばらく立っていた。

滝川銀治は、今、どうしているのだろうか。銀治は大家の息子である。大家は離婚したのか死別したのかは分からないが妻はおらず、息子の銀治とふたりで暮らしていた。私よりも五、六歳年上の銀治は定職になど就いていないヤクザ者だった。

銀治が突然、私の部屋の窓を乗り越えて侵入してきたことがあった。強盗だと、躰《からだ》をすくめた私に、彼は唇に人差し指を立ててから、しきりに窓の外を気にし始めた。

私の部屋は一階にあり、窓の向こうが大家の家だった。

大家の家から女のわめいている声が聞こえてきたが、何を言っているのかは判然としなかった。

「君ね、ちょっと家の様子を見てきてくれないか」

「はあ?」

「くだらない女が刃物を持って乱入してきたんだよ」銀治は無精髭《ぶしょうひげ》を撫でながらにやりとした。

躊躇《ためら》っていると、アパートの玄関が開く音がした。

「銀治、どこにいるんだよ」

「しつこいねえ」銀治は他人事のように言ってから、勝手に押入を開けた。そして、中に入っていた布団を外に出し、押入に身を潜めた。

「もしここにきたら、うまく言ってくれ」

ノックの音がした。私はどきどきしながらドアを少し開けた。

ぞっとした。目の化粧がやたらと濃く、眉を剃った女が私を睨んでいた。刃物は持っていなかったが、半ば開いたバッグから包丁の柄らしきものが顔を覗かせていた。

「何か?」やっと声になった。

「銀治が来てるでしょう?」悪魔のような目が殺気立っていた。

「銀治さんって大家さんの……」

「息子よ。あんた知ってるでしょう」

「顔だけは。でも、ここには来てませんよ」

女が部屋の中を首を長くして覗いた。

「匿《かくま》ったりしてないだろうね」

「僕は彼と付き合いがありませんから」

「あいつには気をつけなよ。女たらしの詐欺師なんだから」

「はい。気をつけます」

女はもう一度、部屋を見回してから隣の部屋に向かった。次々とドアをノックし、部屋にいた者には同じ質問をしていた。やがて、アパートを出ていく足音がした。

「もう大丈夫のようですよ」

「助かったぜ」押入から出てきた銀治が安堵《あんど》の溜息をついた。

「お父さんは家に……」

「パチンコに行ってていないよ。煙草を一本くれないか」

「はい」

銀治はうまそうに煙草を吸った。「他に女を作ったって勘違いして逆上したんだよ」

勘違いではないだろう。

銀治は苦み走ったいい男だが、眉がゆるむと優しい顔に変わる。躰も大きく、態度も男らしい。女と遊ぶだけ遊び、相手から金を巻き上げるような男に違いない。

すぐに家に戻るのは危険だと言って、かなり長い時間、銀治は私の部屋にいた。

サントリー・レッドをふたりで飲んだ。

私は銀治に訊かれるままに、出身地や大学名を教え、将来のことについても話した。

「……公務員になりたい？」銀治が笑った。「恩給が目当てか」

「うちは貧乏だから、食いっぱぐれのない道を選びたいんです」

「賢いんだな」

銀治が私を馬鹿にしているのは明らかだった。

「でもまあ、どうせ堅く生きるんだったら公務員がいいよ。だけど、恩給も将来どうなるか分からないぜ。日本の年金制度は必ず破綻《はたん》する」

私はまじまじと銀治を見つめた。

「フランスの社会保障制度を見ててそう思ったんだ。すでにあの国のは危なくなってきてる。出生率がかなり下がってるらしいしな。おそらく、日本もこのままでは行かないね」

ヤクザ者にしては知識がありすぎると驚いた。これは後で分かったことだが、少年の頃からワルだったが、勉強はすこぶるでき、理屈っぽかったと銀治の幼馴染みが教えてくれた。

どれだけの確信と根拠を持って年金の危うさについて語ったかは分からないが、ともかく、銀治の言ったことは外れてはいなかったではないか。

刃物を持った女の事件がきっかけになり、銀治と私は仲良くなった。よく飲みに連れていってくれた。

女を用意してくれたこともある。腰のない餅のような乳房を垂らした、息を吹きかけるだけで白粉《おしろい》が飛びそうな化粧をした女だった。しかし、とても親切な女で、至れり尽くせりの悩殺サービスで、経験のなかった私を昇天させてくれた。

私は、銀治のような生き方を馬鹿にしつつも、どこかで憧れを抱いていた。堅実な生き方しか頭になかった自分が小さな人間に見えてしかたがなかった。

公務員の道を選ばなかったのは、銀治と付き合ったからかもしれない。

再雇用の話がなくなり、そのせいで、女性へのいたずら事件に巻き込まれ、犯人ではなかった青年が自殺した。

あれやこれや暗いことが重なり、ふさぎ込んでいた私は、明日のことも考えずに好きに生きていた銀治を思い出すと、なぜか気持ちが晴れた。

銀治はもう七十近くになっているはずだ。古くからある肉屋を見つけた。そこで聞いてみたが、若い主人は何も知らなかった。

突風が私を襲った。煽りを受け、ビニール傘の骨が二本折れた。それでも傘をさしていたが、私はずぶ濡れになった。

喫茶店らしき店が目に留まった。私の記憶にない喫茶店だが、店の造りからするとかなり前からこの地で営業しているように思えた。

私は中に飛び込んだ。カウンターにはふたりの女が入っていた。ひとりは六十すぎに見える太った女で化粧が濃かった。もうひとりは四十代に思える頬のこけた女だった。髪をショートカットにした女客がひとり、奥の席で、背中を向けてコーヒーを飲んでいた。

銀治が見つからずとも、青春時代をすごした界隈《かいわい》を散策できただけでも満足だった。

私はカウンター席につき、ブレンドを頼んだ。そして、煙草に火をつけた。

雑然とした店で、音楽もかかっておらず、働いている女ふたりは陰気そうだった。

注文を受けたのは年増の女だが、コーヒーを私の前に置いたのは、もうひとりの頬のこけた女だった。

頬のこけた女が私をじっと見つめた。

「すごい天気になりましたね」私は女に笑いかけた。

「そうですね」女は表情を変えずに答えた。相変わらず私から目を離さない。

居心地がすこぶる悪かった。地元の人間しか来ない店のようだから、余所者《よそ》によそよそしいのだろう。

「私、学生時代に、この辺に住んでたことがあったんですが、随分変わりましたね」

「どの辺にお住まいだったんですか?」年増の女が訊いてきた。

「桜湯の近くです。今はマンションの一部に変わってますが、〝滝川荘〟というアパートがありましたよね。あそこに住んでたんです」

ふたりの女が顔を見合わせた。

「ご存じなんですね」

「近所ですから」年増の女がそっけなく答えた。

「大家さんの息子さん、覚えてません? 滝川銀治っていう人なんですけど」

ふたりの女の動きが止まった。ふと客の女の方に首を巡らすと、その女もくりっとした目を私に向けていた。

「〝滝川荘〟に住んでた時、銀治さんによく奢《おご》ってもらったんです。今どうしてるか知りませんか?」

「さあね。だいぶ前から顔を見なくなりましたよ」

口を開くのはもっぱら年増の女だった。もうひとりは険しい顔を壁に向けていた。

何だか様子がおかしいが、気にせずに年増の女に訊いた。

「だいぶ前って、いつ頃から?」

「忘れたわ」年増の女が投げやりな調子で答えた。

「〝滝川荘〟はいつ頃なくなったんですか?」

「十年は経ちますよ。この辺は地上げが入ったはいいけど、景気が悪くなってそのままになってるとこが多いんですよ。滝川さんとこもずっと月極駐車場だったんですよ」

「銀治さんの噂はまったく聞かない？」

「お客さんも、銀治さんの仲間だったんですか？」

「とんでもない」私は短く笑った。「銀治さんは恰好よかったけど、私はああいう生き方はできなかった。普通の会社に就職して、去年定年を迎えました」

「あの人を探すんだったら、刑務所を訪ね歩いた方がいいんじゃないかしらね」

年増の女は冷たく言い放った。若い頃、嫌な思いをさせられたことがあるのかもしれない。

それまで黙って壁を見つめていた女がいきなり口を開いた。「私、あなたのこと知ってます」

「私を知ってる？」眉がゆるんだ。「あの頃どっかで会ってるんですか？」

女の顔が歪み、目つきが鋭くなった。「私、佐竹伸一の母で、百合子と申します」

私は目の前が真っ暗になった。吹き降りの音が鼓膜を襲った。

逃げ出したい。腰がかすかに浮いた。しかし、私は意を決して座り直した。ここで逃げ出したら、自分の非を認めたようなものではないか。

「お香典のお礼を申し上げることもできず大変失礼しました」

年増の女は唖然《あぜん》として、私と伸一の母親を交互に見つめていた。

「おっしゃりたいことは分かりますが、私としては」私はうなだれた。

灰皿に置いた煙草が煙を上げている。

「あの子は、喫茶店で紙袋の忘れ物をした女の人を追っかけて、彼女にそれを渡そうとしただけだったんです。あなたが、それを痴漢と誤解して、捕まえようとしたから逃げたんです」

「私が誰だか分からなかったんですか？」

「暗くて顔がよく見えなかったんですよ」百合子の語気が激しくなった。

「でも逃げることはなかったのに」

「うちの子、子供の頃から気が弱くて、イジメに遭ったこともあって、その……病院に通っていたこともあるんです」

煙草が燃え尽き、フィルターの部分がカウンターに転がった。私は慌てて拾って灰皿に戻した。

「故意に息子を貶《おとし》めたわけじゃないことは分かってます。でも、あなたがうちの息子の……」

「百合ちゃん、もう止《や》めな。いくら言っても伸ちゃんは帰ってこないんだから」

百合子は、きっとなって年増の女を睨んだ。

「あの子が自殺したことで私たちの人生は滅茶苦茶よ。買ったばかりの家なのに、住む気がしなくなった……。死んだ息子が、この男をここに呼んでくれたんだわ。私に言いたいことを言える機会を作ってくれたのよ」

　まくし立てられた年増の女はもう何も言わなかった。

「今はこの近くにお住まいなんですか？」ややあって私が訊いた。

「ええ。でも、主人とは別居してます。息子が死んだ時、私、家にいたんです。でも」女の目から涙が溢《あふ》れてきた。「息子は音楽をかけてたし、私、パソコンでメールを打ってたから、気がつかなかった。それを主人に咎《とが》められて……」

　私はカウンターの縁を両手でつかみ、伸一の母親の嫌味を黙って聞いていた。奥に座っていた女客が席を立った。伸一の母親がレジに向かった。

「来月また来るわね」女客は明るく言った。そして、ちらりと私の方に目を向けた。女客が出ていくと、店内には重い沈黙が流れた。立て付けの悪い扉が風に鳴った。突然、百合子が笑い出した。「あの家、あなたに買っていただこうかしら」

　私は顔を上げ、百合子を見つめた。謝罪の言葉が喉まで出かかった。しかし、口にはしなかった。

「失礼します」私は頭を下げ、千円札をレジに置くと、店を出た。

　傘をさす気力もなかった。気がつくと隅田川の方に向かって歩いていた。

　小さな稲荷神社にぶつかった。隣は児童遊園だった。稲荷神社も児童遊園も、私がこの地区に暮らしていた頃からあった。

　学生時代に過ごした場所を歩くことで、気分がほぐれてきた矢先、一番避けたかった人間と出くわしてしまった。もう何を見ても懐かしいなどという気持ちにはなれなかった。

児童遊園を抜けると堤防が迫ってきた。堤防に、昔はなかった階段が設けられていた。階段を上った。堤防の内側が遊歩道になっていた。佃地区と繋《つな》がっている橋も、対岸の高層マンションも雨に煙っていた。

私は階段を降り、遊歩道に立った。この地区に留まっていたかったわけではないが、違う街を彷徨う気はないし、家に戻りたくもなかった。

吹き降りは続いていた。広い遊歩道を歩いている人間はひとりもいなかった。ツツジが雨に打たれていた。隅田川と合流している川に水門が見えた。住んでいた頃にもあった水門である。

川は濁り、風にうねっている。かすかに潮の香りがした。私は折れた傘を差し、石造りの丸い椅子に腰を下ろした。

雨風が視界を狭めてはいたが、誰もいない遊歩道にいることで、少しは気が休まった。するとまた銀治のことが頭に浮かんだ。

銀治の不貞不貞《ふてぶて》しさを思い出したら、小心な自分が情けなく思えてきた。

〝滝川荘〟を引き払った理由は銀治と関係があった。

蒸し暑い夜のことだった。なかなか眠れず、散歩に出かけた。川風に涼を求めたのだ。

堤防沿いの道を歩いていると、或るビルの脇からふたりの男が飛び出してきた。明らかに様子がおかしい。彼らはサングラスや帽子で顔を隠していた。ふたりは、エンジンをかけっぱなしにして停まっていた小型の乗用車の後部座席に乗り込んだ。車は猛スピードで走り去った。

ビル荒らしかもしれない。そう思ったが、はっきりしないし、関わり合いたくないので通報しなかった。

数日後、不動産会社の事務所の金庫から金が盗まれたという話が耳に入った。その翌日の夕方だったと思う。学校からアパートに戻ってきた時、大家の家の前に乗用車が三台、停まった。男たちが大家の家に入っていった。それからしばらくしてアパートが騒がしくなった。私はドアの隙間から様子を見た。

車から降りた三人の男が、一階の奥の部屋に向かった。そこは空き室だった。男たちは拳銃を握った。

ヤクザか？　興奮と緊張で胸が高鳴った。

「滝川銀治、大人しく出てこい。このアパートは包囲されてる。お父さんが大変心配してる。これ以上、お父さんに迷惑をかけるな」

男たちは刑事らしい。ほどなく銀治が姿を現した。

「ハジキなんか持って、大袈裟だな」銀治が悪びれる様子もなく笑った。

刑事のひとりが逮捕状を銀治に見せた。手錠を嵌《は》められた銀治が私の前を通った。

銀治がじろりと私を見た。「お前がタレ込んだのか」

私は呆然として何も言えなかった。銀治は鼻で笑っただけだった。

刑事が私からも事情聴取した。

「電話をくれたのはあなたですか？」

「電話？　電話なんてしてませんよ、僕は」

「じゃなぜ、滝川はあんなことをあなたに言ったんですかね」

その刑事は、私も仲間ではないのか、と疑っているようだった。

「銀治さん、ビル荒らしの犯人だったんですか」

「その通りですが、なぜそれが分かったんです？」

先日の深夜、目撃したことを刑事に話した。

「……でも、その時は何が起こったのか分からなかったし、銀治さんがいたことも知りませんでした」

銀治の方は私に気づいたのだろう。それが誤解を生んだとしか考えられなかった。

新聞沙汰にはなったが記事の扱いは極めて小さかった。

誤解を解きたかった私は彼の父親に目撃したことを話した。

「君がタレ込んだんじゃないことは、わしが知ってます」

「え？　じゃ誰が……」

「そんなこと知らんでいいんですよ」銀治の父親は不機嫌そうに答えた。

銀治の父親と私とでは声が違いすぎる。父親が誰かに通報させたのか。

「実の息子だが、あれは性根が腐ってる」父親が続けた。「いずれ誤解は解けますよ。心配はいりません」

そう言われたが不安だった。私は、その月の途中で〝滝川荘〟を出た。

あの時は何もしていないのに、通報者だと誤解され、今度は通報したことで、ひとりの青年が命を落とした。

飲酒運転も駐車違反もせずに生きてきた自分が、どうしてこうも警察沙汰になる事件に遭遇してしまうのか。私は運命を呪いたくなった。

小型の船が現れた。舷側にいくつもの古タイヤを取り付けた船だった。うねる川に勇ましい波を立てて海の方に向かっていく。

私はどこか遠くに行きたい気分になった。


「そんな傘じゃ役に立たないですよ」

背後で女の声がした。びっくりして背筋が伸びた。

先ほど、喫茶店にいた女客だった。

腰を上げた私は軽く会釈してから、水門の方に向かって歩き出した。

「銀治さんを探しにきたんでしょう?」

「もういいんです」

「私の傘に入って」

私は無視した。

「私、いろいろ知ってるんですよ」

意味ありげな言葉に私は歩みを止めた。

「百合子さん、息子さんがあんなことになったからご主人と別居したなんて言ってるけど、あれは嘘よ」

「あなたは誰なんです？　佐竹さんとは……」

「入って」女が傘を私にさしかけた。「私ですか？　百合子さんの中高の同級生です」

「で、嘘というのは」

「あの人には付き合ってる男がいたんです。夫婦関係はとっくの昔に壊れてます」

そんな話を聞いても心は晴れなかった。女が鬱陶しい。再び歩き出した。女が追ってきてまた傘をさしかけた。

「あの喫茶店のママは、百合子さんのお姉さんでね、驚かないでくださいよ、銀治さんの前の奥さんなんです」

私は口を半開きにして、女の顔を覗き込んだ。「本当ですか？」

「そんな嘘、ついてもしかたないでしょう」女がからからと笑った。

私も力なく笑った。突風が、ふたりの笑い声をさらって行った。

「幸江《ゆきえ》さん、幸江さんってママの名前ですけど、彼女、銀治さんとは、腐れ縁でね。若い頃、銀治さんの女癖が悪いから、刺し殺そうと家に乗り込んだことがあったんですって」

「ああ」私は肩を落として小さくうめいた。

「どうかなさったの？」

「嫌な夢を見てるようです」

「意味、分かんない」女は首を傾げ、また笑った。

「あなたのお名前は？」

「片桐純子です」

「篠田喜一郎です」

「私、このテラスが大好きなんです」

「テラス？」

「ここは隅田川テラスというんです。晴れるとすごく気持ちがいいんですよ」

「私が住んでた頃にはこんなものはなかったなあ」

私の気持ちが少し落ち着いてきた。

隅田川に、細いワイヤーが何本も山の形に張られた吊り橋がかかっていた。その橋をくぐった船が、川面を裂くようにして走り去った。

「篠田さんはいいことをしたんですよ」片桐純子がしみじみとした調子で言った。

「もうその話は止めてくれませんか」私は先ほどよりも強い口調で繰り返した。

「篠田さんの気持ちが少しでも楽になるかと思って」

「私は、ひとりの青年を……」

私は最後まで言葉にすることすら恐くてできなかった。

「あの子、高校の時、万引きで捕まったことあるのよ。だから、忘れ物を返そうとしてたなんて嘘よ。お店にそう言って、女の後を追った振りをしただけじゃないかしら。紙袋に何が入ってたのか知らないけど、きっとあの子が盗んだのよ。それがばれるのが恐かった。猥褻《わいせつ》なことをしたって疑われたことに悩んだかもしれないけど、自分が疚《やま》しいことをしてるから、追い込まれたんだと思う。警察もそれを知ってたはずよ。でも、死者にむち打つようなことは誰もしない。それだけのこと。だから、忘れた方がいいですよ」

「百合子さんはあなたのお友達でしょう？　なのに、見ず知らずの私に、なぜそんなことまで教えるんですか？」

片桐純子が目を細めて私を見た。「あなた、女心が分からないんですね。端《はた》から見たら仲良く見えても、そうじゃない場合って、女にはよくあること」

言われてみればそうかもしれない。そのようなことは会社の女子社員の間でもあったではないか。

「さっき、百合子さんに責められてるあなたを見てたら、ちょっと可哀相になってきて」

「片桐さんのお住まいもこの辺なんですか？」

「生まれ育ったのはこの街ですけど、今は住んでません。だいぶ前に新川に引っ越しました」純子が吊り橋の方に目をやった。「この街で両親が食堂をやってたんですけど、父が死んでからは継ぐ者がいなくて廃業しました」

「何て食堂です？」

「片桐食堂です」

「何か記憶にあるな。公園の近くですよね。牛丼が滅茶苦茶おいしかった」

「牛丼……」純子の眉間が険しくなった。

私は純子の顔を覗き込んだ。「お宅の名物でしたよね」

「ええ、でも、私、牛丼、大嫌い。紅ショウガも」純子が吐き捨てるように言った。

今は女性も牛丼をよく食べる。だが私の若い頃は男の食べ物の感が強かった。

「あなたは店を売って新川に引っ越されたんですか？」

「いいえ、店は空き家のまま残ってます。私、時々、様子を見にきてるんです。来た時は、幸江さんの店に必ず寄るんです。百合子さんが手伝う前から、ずっとそうしてきたから」

「この辺には戦前に建てられた建物がたくさん残ってたけど、今はほとんどなくなったようですね」

「よく見るとまだ残ってます。うちの店も昭和七年に建てられたものなんですよ」

「そうだったんですか」

「店、ご覧になりたい？」

「いや、いいです」

「うちの店には嫌な思い出はないでしょう？」

「ありませんよ」

銀治とも何度か片桐食堂で飯を食った。

「銀治さん、今、どうしてるかご存じですか？」

「すっかり老け込んじゃって。大人しいもんですよ」

「今もこの近所に？」

「いいえ。彼も今は新川に住んでます」純子が意味ありげな笑みを浮かべた。

この女、今の銀治の恋人なのか？　女は四十四、五歳に見える。銀治は七十近い。私の若い頃だったら、付き合うには年の差がありすぎ、奇異なカップルに思われたろうが、今はそれほど不自然ではない。しかし、銀治の前妻の喫茶店に出入りしているのだから、それはありえないだろう。いや、待てよ。別れた妻が銀治に愛想を尽かしていたら、引き取ってくれる女が出てきてせいせいしているとも考えられる。

階段を上がってテラスから離れた。

路地を進む。

「ちょっと店に寄っていきません？　空き家だからおもてなしはできませんけど、そこから銀治さんに電話してみましょうよ」

「ちょっと待って。銀治さん、今は本当に大人しい人になってるんですか？」

「あの人のこと、そんなに恐いの？」

「ちょっとね」

「なのに、会いにきた……」

「ヤクザ者だったけど、私は嫌いになれなかった」

私は、銀治に誤解されたことを話した。銀治の起こした事件について純子は何も知らなかった。

「もうそんなこと気にしてないわよ。町内の子供たちと遊ぶのが大好きな爺さんになってますから。それに、あなたが通報したんじゃないってこと、今は分かってるかもしれないし」

会いたいような会いたくないような気分だった。佐竹伸一の母親に会わなかったら、迷いなく純子に取り次いでもらっただろう。

私の足が止まった。

三階建てのビルが目に入った。銀治が仲間と泥棒に入った不動産会社の建物が昔のまま残っていて、今も同じ会社が営業を続けていた。

「ここも古いわよね」片桐純子が軽い調子で言った。

「銀治さんに連絡を取ってもらおうかな」

「店に寄るでしょう。まだ私、点検してないから寄らなきゃ帰れないんです」

「じゃちょっとだけお邪魔します」

通りの向こうに片桐食堂が見えた。蔦が二階の窓を被い、朽ちかけた外壁に沿って垂れていた。

「昔のままですね」

「廃墟が趣味の人が時々、写真に撮ってるわ」

信号が青に変わった。通りを渡り片桐食堂の前に立った。玄関には雑草が茂っていた。純子が錠を外した。

テーブルの並びは私が通っていた時とまったく同じだった。壁に貼ってあるメニューも同じである。

純子がキッチンに入った。ブレーカーを上げたのだろう、電気が点《とも》った。床は埃っぽく、ガラスの破片が散らばっていた。窓の一部には板が打ち付けられている。天井の隅に蜘蛛《くも》の巣が張っていた。

「窓ガラス、何度も割られてるんですよ」

「放っておいて周りから苦情が出たりしないんですか？」

「出てますよ。売ってほしいって言ってくる人もいるんだけど、母がなかなか、うんと言わなくて」

「ここにいると、牛丼の味を思い出すな。あなたは嫌いだって言ってたけど、本当に旨《うま》かった」

純子はキッチンの奥に向かった。そして、肩越しに私を見た。「先に二階を点検してきますね。ちょっと待っててください」

私は椅子を引き、そこに腰を下ろした。

雨は小降りになり、風も収まりつつあるようだ。

定期的に点検に来ているらしいが、かなり長い間、掃除をしていないのは明らかだった。

カレンダーが目に入った。川沿いにあった運送会社の文字が入っていた。昭和五十七年、六月のままである。片桐食堂はちょうど三十年前に閉店したらしい。

突然、二階から悲鳴が聞こえた。絶叫に近い声だった。

私はキッチンに向かって走った。床に転がっていた丼に足を取られそうになった。また悲鳴が上がった。私は急な階段を駆け上がった。

「片桐さん、大丈夫ですか？」

廊下の奥の部屋の襖《ふすま》が開いていた。私はその部屋に飛び込んだ。段ボールが堆《うずたか》く積まれていた。

純子の姿はなかったが、段ボールの壁の向こうから喘ぐような声が聞こえた。

奥に進んだ。右隅の壁のところに純子が蹲《うずくま》っていた。

「どうしたんです？」

純子は動かない。失神したのかもしれない。私はしゃがみ込み、純子の肩に手をかけた。

と突然、純子が勢いよく躰を起こした。瞳孔が開いてしまったかのような異様な目つきだった。手には金槌が握られていた。

「何するのよ、止めて!!」

気後れして動けなくなった私に、純子が金槌を振りかざして襲ってきた。金槌を握った純子の手首を押さえ、胸を突いた。純子の後頭部が柱にぶつかった。ブラウスのボタンが外れ、白いブラジャーの片方から乳房が零《こぼ》れ出ていた。

一体どういうことなのだ。首から汗が滲み出た。

「殺さないで。躰ならあげるから」

純子の声は上ずり、目には恐怖の色が波打っていた。

訳が分からない。私は尻餅をついたまま後じさった。

「裸になればいいんでしょう」純子がスカートをたくし上げた。

私は這うようにして部屋を出た。そして、立ち上がると廊下を走り、階段を駆け下りた。一階に降りた時、玄関が開いた。

角刈りの老人と太った老女が立っていた。

「何してるんだ!」男が怒鳴った。

「私は何も……」

「助けて‼」二階で純子が叫んだ。

私はもう声すら出なかった。老女が通りかかった建築作業員風の男三人を呼び止めた。

「不法侵入者らしいんです。二階で女の人の悲鳴が聞こえて」

作業員風の男たちが店に入ってきた。

「私は誘われてここにきただけですよ」

毅然としてそう言ったつもりだったが、歯の根が合わない。

階段が軋《きし》んだ。はだけた胸を隠し、純子がよろよろと歩いてきた。

「純子ちゃん、何があったの?」老女が訊いた。

純子はそれには答えず、キッチンの床に泣き崩れた。

作業員風の男たちが私を取り囲んだ。そして、そのうちのひとりが携帯を取りだし、警察に通報した。

「誤解ですよ。私は何も……」

私の訴えに答える者はひとりもいなかった。屈強そうな男たちの視線は冷たい。

老女が純子のところに飛んでいった。「もう大丈夫よ」

「この男が……」

「分かってます。怪我はない?」

「頭が痛い」

ほどなく、店の前にセダンが停まった。

ふたりの男とひとりの女が車から降りてきた。

所轄《しょかつ》の刑事だった。

女刑事はアマチュアレスリングの選手のような躰つきをしていた。残りのふたりは、目がぎらついている小柄な若者と定年間近に思える白髪頭の男だった。白髪頭の刑事は躰が大きくて、日向くさい顔をしていた。

「詳しいことは分かりませんが、この男がここで、あの人を暴行しようとしたみたいです」警察に電話を入れた男が白髪頭の男の刑事に言った。

「私たち、隣に住んでるんですが、女の人の悲鳴が聞こえたもんですから、ここに」角刈り頭の老人が口をはさみ、名前を名乗った。

「私は何もしてませんよ。本当に何も」

女刑事が純子に近づいた。

「頭を打ってるみたいです」老女が女刑事に告げた。

「どこを打ったんですか?」女刑事が優しく純子に声をかけた。

純子が後頭部に手を触れた。

「救急車を呼びましょう」

救急車を呼んだ後、女刑事は純子を椅子に座らせた。「何があったか話せますか?」

「その男がいきなり私を押し倒して……」純子がまた泣いた。

私は怒りがこみ上げてきて、刑事たちにまくし立てた。「すべてその女の狂言です。

私は指一本触れてません。信じてください」

「その男を逮捕して」

「何が逮捕して、だ。こっちが名誉毀損《きそん》で訴えてやる」

純子に歩み寄ろうとした私の前に若い刑事が立ちふさがった。

「現場は見てないんですね」白髪頭の刑事が老夫婦に訊いた。

老夫婦が同時にうなずいた。

白髪頭の刑事が私を見た。「話は署で伺います。同行してくれますね」

「どこにでも行きますよ」私は食ってかからんばかりの口調で言った。

私は署に連行された。

白髪頭の刑事が私の前に座った。

「あなたを現行犯逮捕します。黙秘することはできますし、弁護士を呼ぶ権利もあります」

弁解録取書なるものを取られた。要するに、犯行を認めるか認めないかを被疑者に訊き、被疑者の言い分を聞く手続きである。

それが終わると、逮捕の手続きが取られた。そして、所持品をすべて没収され、身体検査の後、手錠を嵌められ、腰縄を結ばれ、留置場に連れていかれた。留置場は鉄格子の嵌まったいくつかの部屋に分かれていた。私が放り込まれた鉄格子の中には、すでにひとりの男がいた。

「何をやったんだい？」男が小声で訊いた。

「何も」

男は鼻で笑った。

大学のクラス会に出席した時、クラスメートのひとりが弁護士になっていたのを思い出した。携帯番号の交換をしていたが、私自身は家族にも直接連絡が取れない状態。私の代わりに弁護士に連絡を取ったのは留置担当官だった。

留置されて間もなく、取り調べが始まった。

主に質問をしてきたのは白髪頭の刑事だった。小柄な若い刑事はほとんど口を挟まなかった。生まれた時からのことを順を追って訊かれた。そして、やっと本題に入った。

私はその日、あったことをすべて話した。

「あなたの着ているものの繊維を採取してもいいですかね」

「いいですよ。でも、さっきも言いましたが、彼女が襲ってきたから、私の衣服の繊維が、彼女の服とか髪についていてもおかしくないですよ」

「被害者の胸を触りましたか？」

「触ってません」

「局部は？」

「天地神明に誓って触ってません。あの女、どこかおかしい。あのような狂言の前歴があるはずです」

「被害者からも事情を詳しく訊いてますから、そういうことがあれば分かります。で、なぜ、土足で二階に？　悲鳴を聞いたとしても、他人の家の二階に上がる時は靴を脱ぐと思うんですが」

「空き家というよりも、あそこは廃墟ですよ。繰り返しますが、あの女が悲鳴を上げたから、何があったのかと心配になって階段を上ったんです。あの食堂に誘ったのは彼女ですよ」

「被害者の手首に強く圧迫された跡が残っていました。そして、後頭部を何かにぶつけた痕跡も見つかってます」

「あんたが被害者を襲った時にできたものじゃないんですか？」若い刑事が口を開いた。

「襲ってきたのは彼女の方です。金槌を持って、だから私は……」

「あなたの言ってること、普通には通じない話ですよね」

「一年前、私は、不審な男に尾けられているという女性を助け、警察に通報した人間ですよ。調べてみてくだされば分かります」

その日の取り調べが終わった直後、クラスメートの弁護士がやってきた。接見室で事情を話した。彼は民事が専門だから、刑事事件が得意な弁護士に回していいかと訊かれた。

「その弁護士、優秀なのか」

「この手の事件が得意な弁護士だよ」

それを聞いて、私は承知した。

翌日も取り調べが続いた。昼食を摂《と》った後、差し入れが届いた。妻が下着を用意してもってきてくれたのだ。私は目頭が熱くなった。

その直後、唐沢という弁護士と接見室で会った。

長い髪に白髪の交じった初老の男で、悪人を見過ぎて、本人までが品性を失ったような、ちょっとやさぐれた感じの人物だった。

私は唐沢弁護士にもまた同じことを繰り返した。

「さっき被害者に会ってきましたよ。示談にする気はまったくないんですね」

「あるわけないでしょう」

唐沢は決して感じのいい男ではなかったが、仕事は迅速だった。その日の夕方、また私に会いにきた。

片桐純子にあのような狂言歴はなかった。しかし、二十二歳になった春、両親が親戚の葬儀で地方に行っていた時、食堂の客だった男に、店の二階で暴行されたという。それが原因で精神科を受診していたことがあったそうだ。

自殺した佐竹伸一の母親の同級生であること、あの喫茶店の経営者が滝川銀治の元の妻であることも彼女の言った通りだった。

しかし、銀治が、純子の近所に住んでいるというのは嘘だった。その点について純子は、そういう発言をした覚えはまったくないと言っているという。

純子は佐竹伸一の母から頼まれ、あんな大芝居を打ったのか。そんな馬鹿なことはあるまい。しかし、何であれ、純子の言動は異様だ。

彼女自身が襲われた時の筆舌に尽くしがたい恐怖が、何らかの形で心に影響をあたえたとしか思えない。

「もうじき釈放されますよ」唐沢弁護士は淡々とした調子で言った。「被害者の供述に曖昧な点があるんでね。さっきここの署長と刑事課の課長と話したんですが、ふたりとも送検を躊躇《ためら》ってます」

その一言でほっとしたが、結果が出るまでは予断は許さない。逮捕から四十八時間しか、警察は被疑者を取り調べることはできない。

期限切れになる日の午前中、再び唐沢弁護士の接見を受けた。純子に暴行を働いた男についても調べてくれていた。定年退職したばかりの大人しい男だという。古い写真を見せられた。犯人の写真だった。

「あなたに似てますよね」

確かに、今の私にその写真はそっくりだった。

「名物の牛丼ばかり食べにくる男だったそうですよ。私も牛丼が大好きでして。やっぱり『吉野家』が一番ですね」

弁護士の牛丼の好みなどどうでもよかった。純子が牛丼が嫌いだと吐き捨てるように言っていたことを弁護士に教えた。

「今からまた署長に会ってきます。大丈夫、すぐに釈放させますよ」唐沢は自信たっぷりだった。

留置場に戻されたのは昼食の時間だった。私が逮捕されたのは前々日の午後五時頃。後五時間以内に自分がどうなるか決まるのだ。

「一号、出ろ」

私と一緒に鉄格子に入っていた男が留置場を出された。それからしばらくして、年老いた男が連れてこられた。

私は唖然として男の顔を見た。

滝川銀治に似ている。頭が禿《は》げ上がり、頬もこけていたが、目つきを見て、銀治だと確信を持った。

私がじろじろ見るものだから、相手が睨み返してきた。突然、思い出したのだろう。留置担当官に注意されるほどの大声で笑い出した。

「ここで会うとはな。俺を売った男に」

「誤解です。お父さんから聞いてませんか」

「いいってことよ。あんな昔のこと気にしてねえよ」そうは言ったが、目には怨嗟《えんさ》の色が浮かんでいた。「で、お前、何をやったんだい？」

私は答えずに目を伏せた。

「しかし、懐かしいな、公務員になって賄賂《わいろ》でももらったのか」

「片桐食堂、覚えてますか？」

銀治の目つきが変わった。「捕まる前、噂で聞いたよ。あそこの娘に暴行した奴がいたって。あれ、お前か」

「違います。銀治さん、あの娘について何か知ってますか」

「元の女房の妹の同級生だよな。子供の頃からオッパイが大きいんで有名だった」

「……」

「婦女暴行をやった奴はムショでいじめられるぞ」銀治が声を殺して笑った。

留置担当官がやってきた。「二号、出ろ」

二号とは私のことである。

銀治がじっと私を見て、にやにやしていた。

取調室で私を待っていた白髪頭の刑事が言った。「あなたを釈放します」

「あの女、狂言だと認めたんですね」私は勢い込んで訊いた。

「いいえ。でも、検察庁に送るには至らない案件だという結論に達しました」

私の顔が曇った。「それは嫌疑不十分ということですか」

「まあ、そういうことです。ご苦労様でした」

唐沢弁護士の言った通りになった。しかし、嫌疑不十分という言い方には納得がいかなかった。

嫌な気分が解消されないまま、私は家に戻った。

信代は、無理に作ったような笑みを浮かべ、私を慰めてくれた。私はウイスキーを飲みながら、事の次第を詳しく妻に話した。

「でも、よかった。無実だって分かって」

「でも、無実だとは言ってくれなかったよ」

私は、唐沢弁護士に電話を入れ、お礼を言った。

「被害者の証言に矛盾がかなりありましてね。それに、被害者の衣服にあなたの着ていたものの繊維が付着していただけでは、証拠としては弱すぎます。パンツの中から出てきたんだったら話は別ですが」

「先生、現行犯逮捕は正当だったんですか」

「難しいところですね。隣に住む老夫婦は被害者の悲鳴を聞いただけで、あなたが暴行を加えていた現場を目撃したわけではないから、言わば密室での出来事。私が刑事だったら逮捕しないな。でも、逮捕が不当とまでは言い切れない。被害者の手首に圧迫された跡があり、コブ程度だが怪我もしてる。あの時点で現行犯逮捕する警官がいてもおかしくはないと思います。ともかく、嫌疑は晴れたんだから、早く忘れてください」

「でも、嫌疑不十分というのは、世間一般の感覚だったらグレーゾーンのままじゃないですか」

「忘れるしかないですね。冤罪《えんざい》だとはっきりしても、検察は無実という言葉は使いません。相手はお役所ですから、その辺のことは我慢するしかないですな」

唐沢弁護士は明るい声でそう言って電話を切った。

釈放されても、私の心は深く沈んだままだった。散歩に出かけた時、近所の人に挨拶をしたが、彼らの態度が以前とは違うように思えた。こういう話は拡がるのが早いものだ。町内の人間は、事件を知って今でも私を疑っている。そんな気がしてならなかった。

駅前の本屋に寄った帰り、例の公園の近くを通った。

ひょっとすると、一年前に、私に助けを求めた女は片桐純子ではなかったのか。あの時はちらりとしか見てないし、髪が長かったので、純子と話している時には、そんなことは考えもしなかったのだが。

私は目を閉じ、ふたりの女の共通点を探した。しかし、似ているようないないような曖昧な気持ちにしかならなかった。

よく眠れず、起きると全身に汗を掻いていた。ドアノブを見ると、首を括《くく》りたくなったこともあった。私は妻に勧められて心療内科に通院することになった。

毎日、散歩をするだけの日々が続いた。

川の畔をいつものように歩いていた時だった。伸一の母親、百合子とばったり出くわした。

私は軽く会釈をした。

「残念ね。釈放されるなんて。でも、嫌疑が晴れたわけじゃないのよ。町内の人はみんな、あなたがやったって思ってる」百合子は低い声で言い、私に背中を向けた。

「あなたが言いふらしてるんだな」

百合子の背中に向かってそう言ったが、相手は振り向きもしなかった。

私はその夜、睡眠導入剤を飲んだにもかかわらず、三時間ほどで目が覚めてしまった。こんなことをしていたら自分が駄目になる。私はまた就職活動を始めた。私に同情してくれた友人が、町田にある印刷会社の経理の仕事を紹介してくれた。面接を受けた後、紹介してくれた友人と新宿で終電まで飲んだ。

駅から歩いて家に戻った。佐竹の家が目に入った。玄関が異様に明るい。電気が点っているのではなかった。玄関先から火の手が上がっていたのだ。

私は携帯を取りだした。しかし、すぐには通報できなかった。放火だったら……。第一発見者の私が疑われるかもしれない。

火の回りが速かった。どんどん周りに拡がっていった。

突然、涙が溢れてきた。私は大声で泣いた。

涙目の向こうで火柱が立った。

私は携帯を握り直した。

通報するも地獄、しないも地獄だ。しかし、通報するのが発見者の義務ではないか。

私は慌てて携帯のボタンを押した。

「もしもし海上保安庁118番です」

「はあ?」

「海の事件ですか？　事故ですか？」

指が滑って9ではなく隣の8を押してしまったらしい。

「どうしました？　声が出ないんでしたら携帯を叩いてください」

「………」

「救急車が必要ですか？」

町内の人が火に気づいて外に出てきた。私は携帯を耳に当てたまま、その場に立ち尽くしていた。

住人が遠巻きに私を見ているのに気づいた。

「警察と救急車を向かわせますか？」電話の中で係員が私に訊いている。

またもや誤解を招く通報をしてしまった。

慌てて電話を切った。

知らないうちに、両腕が上がっていた。私は万歳をしていたのである。

時には母のない子のように

風邪を引いたと嘘をつき、大学の同窓生とのゴルフを、寸前でキャンセルした。妻には、どうしても緊急に会っておかなければならない人間がいると言って家を出た。

七月初めの日曜日のことである。

私の職業は弁護士。誰に会うかいちいち妻に説明する必要はないし、妻も訊いてはこない。

碑文谷《ひもんや》の自宅を出た私はタクシーを拾った。行き先は墨田区墨田四丁目に住む、或る被害者の家だった。最寄りの駅は鐘ヶ淵《かねがふち》である。

私は弁護士をふたり雇っている。そのうちのひとりはまだ資格を取って一年にも満たない新米である。名前は西崎敏雄という。

西崎の机の上に一通の封書が置かれているのに気づいた。

速達で、彼が出そうとしているものらしい。宛先の名前が目に入った。

山下路子《みちこ》。

記憶にある名前である。

西崎が手がけているのは傷害事件だった。新米には、必ず国選事件を何件か担当させることにしている。

西崎から事件の内容は簡単に聞いていた。

同棲中の男女のトラブル。自宅で喧嘩となり、酔った男が、テーブルの上にあった果物ナイフを振り回し、女が斬りつけられた。女は腕を数カ所切られたが軽傷だった。凶器を使ったことは問題だが、殺人未遂にはならなかった。被害者の傷が浅いこと、刃物はあらかじめ用意していたものではなかったことが実況見分と事情聴取の結果判明し、傷害罪で起訴された。

男は、窃盗、傷害、覚せい剤取締法違反と三度も臭い飯を食っている札付きだった。女は喫茶店の従業員だという。

喧嘩の発端は、男が仕事をしないことに女が文句を言ったことだった。男は、女が客のひとりと仲良くしていることをなじった。女が男に飲んでいたビールをかけた。運悪く、リンゴの皮を剝く際に使った果物ナイフがテーブルの上に転がっていて、被告人がそれを手に取った。もみ合いになり、女が怪我をした……。

街の底で、荒れた心を抱えて生きている男女が狭いアパートの一室で煮詰まった。それだけの事件だった。

私は、話を少し聞いただけで興味を失ってしまった。こちらは、大きな民事裁判をふたつも抱えているのだ。

西崎が戻ってきた。トイレに行っていたらしい。

「ちらっと目に入ったんだけど、山下路子っていうのが被害者なのか」

「ええ。もう退院して家にいるはずですが、電話に出ないんです……」

それで、西崎は被害者に、面会を求める手紙を書いたらしい。

「示談に持ち込めれば、執行猶予を勝ち取れると思うんですが」

「被告人に、薬物の所持や使用はなかったのか？」

「ガサ入れじゃ、何も見つかってないし、尿検査もシロだそうです」

現在は、被告人の前科を重要視しない方向で裁判が行われる傾向にあるから、被害者自身が情状証人になってくれれば、こちらの望む量刑を引き出せるかもしれない。

「しかし、信じられないですよ」西崎の頬がゆるんだ。「被告人は三十五。被害者は先生のふたつ上、六十六なんです。お母さんみたいな歳の女と同棲するなんて、私には分かりません」

記憶の底から、古い過去が静かに浮かび上がってきた。

山下路子。

私が昔、知っていた女かもしれない。しかし、よくある名前と言えば名前である。

「被害者にも前科があるのか」

「いえ、ありません」

昔、会った山下路子かどうか、自分の目で確かめたくなった私は、彼女の住所をしっかりと暗記した。

西崎の手紙が被害者に届くのは翌日の土曜日になるだろう。手紙が届いた後の方が、人違いでも言いわけしやすい。

私が日曜日を選んだのは、そういう理由もあったのだ。


私が山下路子と知り合ったのは昭和四十五年。三月に、赤軍派による日航機のハイジャック事件が起こり、大阪万博が開かれ、十一月には、三島由紀夫が、自衛隊の市ヶ谷駐屯地で割腹自殺を遂げた年である。

私は二十一歳だった。東京の私大の法学部の二年生。一浪して入った学校だが、真面目に授業に出ていたのは最初の半年ぐらいだった。

学生運動には興味がなかった。だが、一、二度集会に出て、機動隊に向かって石を投げた経験はあった。そこで確認できたことは、どんなものであろうが、組織というものと肌合いが合わないことだった。

子供の頃に視た、レイモンド・バー主演のテレビドラマ『ペリー・メイスン』に憧れ、弁護士にでもなろうかという気持ちがあって法科に進んだ。

しかし、針の穴に糸が通せないような毎日が続いていた。そうなった理由はよく分からない。

二十歳そこそこで、将来のことを見据え、計画的に生きるなんてことはとてもできなかった。何をやってもつまらなかったけれど、何かとてつもなく面白いことがあるのでは、と漠然とした期待を持っていた。怠惰であることの言い訳にしか思えない甘い考え。分かっていたが、そこから抜け出すことはできなかった。

女の子を引っかけるためにコンパやディスコ通いをし、暇な時はテレビを視、外国のミステリを読んだりしていた。雀荘《じゃんそう》に入りびたっていたこともある。特技はギターだった。中学の時からガットギターを習っていた。エレキは親に禁じられ、買ってもらえなかった。ボサノバが好きだった。流行歌を弾いて自分で口ずさむことも稀《まれ》ではなかった。ジャズのコード進行をかじっていたので、大概の曲は譜面を見ずとも弾けた。

出身は新潟市。父はかなり大きな病院のオーナー兼院長だった。一浪したのは医学部を受験して落ちたからである。父は、一人息子の私に跡を継がせたかったようだが、私は医者にはなりたくなかった。医療行為は汚れ仕事。子供の頃から病院に馴染んでいた私はそう思っていた。

祖父が創り上げた病院を大きくした父は、医学部に再挑戦しない私に不満たらたらだった。しかし、私の意志が固いので諦めた。父は医者としての腕はよかったらしい。だが、経営はそれ以上に上手で、いつもふんぞり返っていた。眩しいほどに生きる自信のある男で、芸者をかこっていたこともある艶福家でもあった。母はそれを知っていたが黙認していた。

両親のことに、私は無関心だった。仏壇には金をかける風潮のある土地柄が嫌いだったから、血の繋《つな》がりを大事に思う気持ちはまるでなかったのだ。

当時の学生にしては仕送り額は多い方だった。しかし、あの頃の親は子供に甘くなかった。だから、いつも金欠だった。住まいだって、バストイレ付きのマンションなんてことはなかった。西荻窪の駅から十五分もかかる六畳一間のアパートだった。

ゴールデンウイーク前、麻雀で大負けし、知り合いに借金した。バイトでもしないとという気になったのは、そのせいだった。

『アルバイトニュース』を買った。手っ取り早く金になるバイトがないか探した。見つけたのは弾き語りの仕事だった。日給二千五百円。歌伴ならやれる。歌だってそこそこの実力はある。

スナック『紫苑』は新宿歌舞伎町にあった。

私の遊び場はもっぱら新宿だった。ゴーゴーを踊りにいくこともあれば、東口の富士銀行並びにある『びざーる』などで、難しいジャズを聴いたりもしていた。コマ劇場前の広場の一角にある地球会館でピンク映画を観て、朝を迎えたこともある。

スナック『紫苑』はコマ劇場近く、西武新宿線寄りの細い通りにあった。喫茶『上高地』からもそれほど離れてはいなかった。

オーディションを受けた。

審査員は経営者の奥田とママの美沙子。両方とも笑顔の少ない陰気な感じの人物だった。

得意な曲を披露しろと言われた。ポップスは避け、演歌系の曲を選択した。それから彼らのリクエストに応えた。店にはコード付きの歌詞カードが置いてあったので、大概の曲はこなせた。リズムボックスに戸惑いはあったが、すぐに覚えることができた。スローロックでもチャチャチャでも自由自在。

「あなた、ちょっと布施明に似てるね」ママの美沙子が言った。

ちっとも似てやしない。髪の毛が長いということを除けば。

「見栄えのするジャケットとか持ってる？　ジーパンじゃ駄目だよ」奥田が言った。

雇われたのは、その年の五月二十五日。八百長事件で西鉄の池永らがプロ野球界から永久追放された日だった。私は西鉄のファンで、池永投手が特に好きだった。

辺見マリの『経験』、渚ゆう子の『京都の恋』そして、藤圭子『圭子の夢は夜ひらく』などのヒット曲が有線でがんがん流されていた頃である。

派手な舞台衣装はどうしたか？　丸井の月賦で買った。

白いスーツに襟の大きな赤いシャツを買った記憶がある。そんな恰好で電車に乗るのが恥ずかしかった。

店は細長く、入ると左側がボックス席になっていて、右側がカウンターだった。そして、奥がステージ。ミラーボールはなかったけれど、ステージの前で、客がホステスとチークを踊るのが常だった。

一日に四回、ステージに立った。八時から十一時半までである。二曲ほど私が歌い、後は客に歌わせた。

　ホステスは四人しかいなかった。奥田がカウンターに入り、酒を作っていた。

　山下路子はそこのホステスだった。毛流れのいい長い髪を真ん中から分けていた。大きな目は若干斜視で、どこを見ているのか分からなかった。アイシャドーもアイラインも濃くて、つけ睫《まつげ》をつけていた。カルメン・マキに似ているという客がいたが、カルメン・マキには西洋人の血が入っているので、彫りの深さがまるで違う気がした。路子の鼻は小さいが低くて、それをカバーするためにノーズシャドーを鼻筋に合わせて引いていた。キリンの鼻みたいに私には思えて、密かに笑っていた。

　飛び出している二本の前歯が、齧歯《げっし》類の小動物みたいで可愛かったが、口が少し歪んでいるせいだろう、何となく品がなく見えた。

　それでも、私は初対面の時から路子のことが気になった。決してつんけんしていないし、客の冗談に大口を開けて笑ったりしていたが、どこか沈んだ雰囲気が躰《からだ》から滲み出ていた。口が少し歪んだ、厚化粧の目が暗い女。それまで私が相手にしてきた女とはまるで違っていた。

　こういう店で人気の出る女は、必ずしも美人だとは限らないことが働いているうちに分かった。〝明るいナショナル〟というＣＭがあるが、喜美恵という、ちょっととうの立ったホステスは、ＣＭソングを地でいくような女だった。いや、〝明るいナショナル〟よりも、ＮＨＫで放送されていた『明るい農村』にたとえる方がより正確だ。その『明るい農村』はすこぶる客に人気があった。虫の居所が悪くてホステスに絡んでくる客を落ち着かせるのも得意だし、十九歳で初めてホステスになった亜紀《あき》の躰を触りまくる客の手を、自分の胸に持っていったりして助ける場面も見た。ともかく、喜美恵は店の潤滑剤だった。

路子にご執心だったのは、東中野で鉄工所を経営している富村清之助。そして、四谷荒木町近くにある印刷会社の専務、坂出《さかいで》梅吉だった。坂出は社長の息子で、いずれは会社を継ぐ三十歳の青年だった。

ふたりとも常連客だが、富村の方が店に現れる回数は多かった。ちょび髭《ひげ》を生やした色黒の男で、やや狂気じみた目をしていた。ヒットラーに似てないこともない。いや、そこまでの迫力はなかった。チャップリンが真似たヒットラー。そう表現する方がより近いだろう。

富村は路子にしつこかった。店がはねた後、彼女を誘って消えることも珍しくなかった。しかし、路子は明らかに富村を嫌っていた。それを察知したママが控え室に呼んだのを見た。どんなことを強要しているかは想像がついた。

〃一度ぐらいは……ね……減るもんじゃあるまいし〃

赤いテープを貼ったような、美沙子の唇がそう囁《ささや》いている気がした。

富村は鶴岡雅義と東京ロマンチカの『小樽のひとよ』が十八番だった。

熱唱するのだが、音程が悪いから聞いてはいられない。しかし、そんな客はいくらでもいるので、別段、どうってことないのだが、彼にはひとつ問題があった。マイクをくわえるようにして歌うので、彼が歌った後は、マイクに唾が飛び、照明にきらきら光るくらい濡れてしまうのだった。

同じ歌を坂出も歌うのだが、富村よりも遥かに上手だった。庇《ひさし》のように突き出た前髪がロマンチカのリードボーカル、三條正人に似ていることもあって、ホステスの受けがよかった。鉢合わせになった時、坂出が『小樽のひとよ』を歌うと、〝わが友ヒットラー〟は荒れた。

ホステスも歌わされることがあった。

路子には藤圭子の『新宿の女』『夢は夜ひらく』のリクエストが多かった。

決して歌はうまくなかった。しかし、ハスキーな声、ビブラートをかけない歌い方、沈んだ眼差しは、歌詞の雰囲気にぴったりだった。

諦め、無常観、自嘲、突っ張り、空虚感……。彼女の中に流れている、そういった心の動きがひしひしと感じ取れた。

私の名前の有川謙太郎から、いつしか、ホステスたちは、私のことをケン坊と呼ぶようになった。

『昨日マー坊、今日トミー、明日はジョージか、ケン坊か……』

このフレーズを歌う時は、必ず、路子は私をちらりと見た。富村は『今日トミー』の部分に勝手に反応していた。

店には客以外の男もやってきた。

時々、おずおずとドアを開け、奥田の顔色を窺いつつ、カウンターの端に腰を下ろす男がいた。奥田は水一杯出さない。髪がかなり薄くなった冴えない中年男は三浦といって、この界隈《かいわい》でエロ写真を売っているのだと客のひとりに教えられた。

三浦はひとりで飲んでいる客に近づき、こっそりと写真を見せるのだ。男と女がまぐわっているものがほとんどだが、中には、女の大事な部分を大写しにしたものもあった。私が客から見せられたのは白黒写真で、モデルの女はすべて醜女だった。

お茶を引く日も稀にあった。

そんな時は、思い思いの場所に座って所在ない時をすごす。

喜美恵は編み物をする。五歳になる女の子がいて、娘のためにセーターを編んでいるのだという。

まだ六月だというのに、編み棒を動かしているのが不思議でならなかった私は、或る時訊いてみた。

「寒くなるまでにかなりあるじゃないですか?」

「備えあれば憂いなし。それに、編み物って無心になれていいの」

茨城訛りのある喜美恵は、明るくそう答えた。

路子は、喜美恵の前に座り、煙草をふかしていた。「ケン坊、親の仕送りないの?」

「あるにはあるけど、それだけじゃ遊べないでしょう」

「夜の仕事しちゃったら、遊ぶ暇ないじゃない」路子は、捲れ上がっていたミニスカートの裾を元に戻しながら言った。

「そうなんですよね。働くまで考えもしなかった」

学校には時々、顔を出していたが、授業に集中できず、眠ってばかりいた。試験は受けるつもりだが、及第点が取れる気はまるでしなかった。五月の給料は少なかったが、そのまま借金をしている友人に渡した。

坂出梅吉は、富村と違って、私も話しやすかった。私の歌う『別れのサンバ』が好きだと言い、来ると必ずリクエストし、チップをくれた。

坂出のことをママは、専務、専務と持ち上げ、喜美恵は、梅ちゃんと呼んでいた。

梅ちゃんに、店が終わってから飲みにいこうと誘われたのは、六月半ばのこと。喜美恵と路子が一緒だった。

終電がなくなるからと一応、断ったが、タクシー代を払ってくれるというので、付き合うことにした。

嬉しかった。路子と店以外で一緒になるのは、その時が初めてだった。

連れていかれた店は新宿区役所の裏、喫茶店『らん山』の並びにある店だった。

小さな店だが、バンドが入っていて、フロアーを囲むようにして席が設けられていた。客の大半は、クラブやキャバレーのホステスを連れた男たちだった。

バンドが演奏しているのはラテン。父親が大好きな『ベサメムーチョ』が流れている。

「梅ちゃん、お腹空《す》いた」喜美恵が甘い声を出した。

坂出は、お鮨《すし》の出前を頼んだ。

坂出を真ん中に挟んで、女たちが座り、私は喜美恵の隣に腰を下ろしていた。

路子は口が重い。喜美恵ばかりがしゃべっていた。

出前が届いた。喜美恵は、シャコが嫌いだと言い、イカを箸でつまんだ。そして、ママの悪口を言った。遅刻にうるさく、残業してもタクシー代を出さないと、眉をしかめた。奥田と美沙子は夫婦だったが、籍はだいぶ前に抜けているそうだ。それでも一緒に店を営んでいる。これをまさに腐れ縁というのだと私は思った。

路子は黙々と食べている。

チークタイムになった。梅ちゃんが路子を誘った。

重なり合うふたりの影を見ながら、私も路子とチークダンスぐらいは踊ってみたいと思った。

「梅ちゃん、独身でね。路子と結婚したがってるの」喜美恵が言った。

「それで、路子さんは？」

「梅ちゃん、押しが弱いから、彼女には何も言えないの。どのみち脈はないけど」

「路子さん、好きな人がいるのかな」

「今はいないみたい。猫とふたり暮らしだって。若い頃に嫌なことがあったのよ」

「〝若い頃に〟って言ったけど、彼女、まだ……」

「店では二十歳だけど、本当は二十三よ」

「それでも若いじゃないですか？」

「〝十五、十六、十七と私の人生暗かった〟ってことじゃないの。よく知らないけど」

ホステス同士は、よほど親しくならないと余計なことは話さない。客を通して、同席した女たちが、相手の出身地を知り、意気投合している姿には驚いた。

「ずっとホステスやってたのかな」私は、路子の尻を舐《な》めるように見ながら訊いた。

「前は銀座のでっかいクラブにいたって話よ」

銀座のクラブから歌舞伎町のうらぶれたスナックに転職。何か深い訳があるのだろう。裏にヤクザがついてるかもしれない。そう思ったが、路子に対する想いが翳《かげ》ることはまったくなかった。


私が店を休んだのは、その翌週の月曜日だった。店には、風邪を引いたと言ったが、当然、仮病である。

日曜日、クラスメートと一緒に渋谷で、買い物帰りの女の子を引っかけた。あわよくば、同伴喫茶ぐらいには連れ込みたいと考えていたが、そこまで駒を進めるきっかけがなく、お茶だけで別れた。翌日の夜、会う約束をした。相手はＯＬで、会社帰りに渋谷のハチ公前で待ち合わせた。しかし、四十五分待ったが、相手は現れなかった。こういうことはよくあることだから落胆しなかったが、店まで休んでのデートだったから、自分が馬鹿に思えただけである。

渋谷の遊び場はよく知らないので新宿に出た。『三平食堂』で、ハンバーグライスを食べてから、伊勢丹の駐車場の並びにある『ハヤセ』という喫茶店で暇をつぶした。

店の人間にこんなことをしているのがバレたらクビになるかもしれないが、新宿は広い。よほど運が悪くなければ、そんなことは起こらないだろう。それでも、歌舞伎町をうろつくのは止めにして、明治通りを渡り、新宿文化と新宿大映の裏道に入り、末広通りにある『やま小屋』という酒場に入った。サラリーマンや学生が集まる健全な店である。

私は角の水割りを頼んで、ひとりで飲み始めた。女同士の客も多い店だから、運がいいと〝お友だち〟ができる。しかし、その夜は、周りはすべて男同士かカップルだった。

私は、路子のことを考えていた。愛だとか恋だとか言うのではないけれど、彼女のことが気になってしかたがなかった。スカートの中に隠れた洞窟を探険したいという気持ちもない交ぜになっている。しかし、それだけではなかった。自分とはまるで違った世界に生きている年上の女の虜《とりこ》になったのだ。

午後九時半すぎ、店を出た。

さて、どうするか。ディスコにでも行ってみるか。私は煙草に火をつけた。

靖国通りから、影を引きずってサングラスをかけた女が歩いてきた。ショートパンツにタンクトップ姿だった。

路子に似ているが、服装があまりにも違う。

俯き加減に歩いていた女が顔を上げた。

目が合った。路子に違いなかった。

「ケン坊、店は？」

「路子さんは？」

「休んだよ」

「俺も」

路子はサングラスを外した。暗くて澄んだ瞳に笑みが浮かんだ。私も微笑み返した。

共犯者の笑み。

どこかでサイレンの音がした。消防車のサイレンのようだ。

「どこに行くの？」私が訊いた。

「一緒に来る？」

私は黙ってうなずき、路子について歩き出した。

「ショートパンツ、似合いますね」

「ありがとう」

彼女の向かった先は、新宿では老舗《しにせ》のゴーゴー喫茶『ジ・アザー』だった。

狭い階段を降りた。金を払ったのは私である。奥の壁際の席にふたりは座り、水割りで乾杯した。

「俺、風邪引いてね」私が淡々とした調子で言った。

「私も」

私たちは目を合わせ、くくくっと笑った。

初めて路子の柔らかい笑みを見た。そんな気がした。

チークタイムになった。私の誘いを路子は断らなかった。初めて躰を寄せ合った。それだけで、股間に電流が走った。微弱な電流だが、電流には違いなかった。

路子は店にいる時よりも、よく飲んだ。

「違う店、行こうよ。『プレイメイト』知ってる？」

「行ったことあるよ」

「じゃ、違うとこにしようかな。ついてきて」

路子は一旦、明治通りに出てから、靖国通りを渡った。

「都電、なくなっちゃったね」路子が言った。

「そうだね」

その年、この界隈を通る都電がすべて廃止になった。

「思い出でもあるの？」

「ないよ。でも好きだった」

区役所通りを風林会館の方に向かっている。

東京に少し慣れた頃、夜の歌舞伎町をぶらつくのが好きになった。喫茶店に入るぐらいしか能はなかったが、渋滞に苛立った車のクラクションが鳴り響き、罵声が飛び、得体の知れなさそうな超ミニにハイヒールの女が尻を振って歩いているのを見るだけで愉《たの》しかった。

『スカーレット』『女王蜂』『不夜城』『クラブ・リー』……。有名なクラブやキャバレーが立ち並ぶ一角を、腹をすかせた深海魚のようによくぶらついたものである。

ゴールデン街にも足を運んだ。店の前の丸椅子に座った、化粧の濃いオバサンに、よく〝アイビーのお兄さん〟と声をかけられたものである。アイビールックではなかったが、彼女たちにとっては、今風の恰好をした若い男たちは、みな同じに見えるのだろう。

大事件を起こした氷山なにがしが働いていた『ヴィレッジ・ヴァンガード』の斜め前の雑居ビルの階段を、路子は降りていった。

だだっ広い店だが、客は少なかった。奥の方で柄の悪そうな客が、背もたれに躰を預け、私たちにガンを飛ばしていた。

誰も踊らないフロアーに、シュープリームスの歌声が響いている。何だか寒々しい。私も路子も踊ろうとは言わなかった。ただただ飲んでいた。路子が頭を私の肩に預けてきた。

「疲れた？」私が訊いた。

「全然」気の抜けたような声だった。

私は路子の手を握った。冷たい手だった。路子は握り返してはこなかった。ゴム手袋を摑《つか》んでいるような気がした。それでも手は引っ込めなかった。

客がやってきた。小柄なガニ股の男と、じゃらじゃらした恰好の背の高い女だった。男が路子に目を止めた。ガニ股の影がフロアーにくっきりと映っていた。

「おう。路子じゃねえか。どうしてんだよ」

路子が躰を元に戻した。「中山さん、お元気そうね」

男が肩で笑った。「〝中山さん〟ねえ」

「名前、違った？　中村さんだっけ」

「何だよ、その言い方」男が気色《けしき》ばんだ。

私は男を睨んだ。男の湿った目が私に向けられた。

「あんた、座ろうよ」連れの女が眉間に皺を寄せ、男の袖を引いた。

男は不機嫌そうな顔をして、女と一緒に遠ざかっていった。

『圭子の夢は夜ひらく』の歌詞が脳裏をよぎった。

『昨日マー坊、今日トミー……』

三番の歌詞だけが、それまでの演歌と違っていることに気づいた。

ディスコにも出入りして、ウサを晴らし、行きずりの男に恋をする。

夜の女の歌だが、三番の歌詞だけは、いかにも今風である。そして、この歌詞は銀座にも池袋にも渋谷にも合わない。新宿独特の雰囲気を伝えているように思えた。

「出ようか」路子が言った。

異存があるはずもなかった。

午前一時をすぎていた。

「路子さん、どこに住んでるんです?」

「百人町」

「もう終電ないな」

「タクシーで帰ればいいでしょう?」

「タクシーを奪う勇気ないね」

「馬鹿じゃないの」路子がそっぽを向いた。

「泊めてくれませんか。台所の床にでも寝ますから」

路子が私を睨んだ。私はへらへら笑いながら黙っていた。

「本当に約束守れる? 守れなかったら、店にあることないこと言うからね」

私は右手を上げた。「誓います」

路子は大久保病院の角を右に曲がった。

職安通りを越えた辺りが、百人町である。

路子のアパートは、思ったよりも遠かった。百人町三丁目。ロッテ製菓の近くの路地にあった。最寄りの駅は新大久保のようだ。

路地は未舗装で、今朝降った雨でぬかるんでいた。一階の角部屋が路子の住まい。六畳一間だった。シングルベッドが置かれ、卓袱台《ちゃぶだい》替わりに、火燵《こたつ》が使われていた。ベッドの上にはピンク色のクッションと大きな熊の縫いぐるみが置かれている。

ラジオとテレビはあったが、レコードプレーヤーは見当たらなかった。

路子が小振りの扇風機のボタンを押した。それからラジオをつけた。糸居五郎の声が聞こえてきた。オールナイトニッポンにダイヤルが合わせてあったようだ。

壁にも小さな縫いぐるみが吊されていて、その隣にカレンダーが貼ってある。ナイアガラと思われる巨大な滝の写真。坂出印刷とカレンダーの一番下に刷られていた。

ちょっと引っ込んだところが流し。トイレは台所の奥だった。風呂はない。

意外に流しは綺麗だった。

路子が押入から毛布を出してくれた。枕替わりにクッションを借りることにした。

隙あらば、という不埒《ふらち》な気持ちを持っていたのに、なぜか、こうやってふたりきりになると、林間学校に来たような気分になった。そんな自分を笑いながら、私は、クッションに頭を乗せた。

糸居五郎の声が消え、音楽がかかった。カルメン・マキの『時には母のない子のように』だった。

路子が一緒に口ずさみはじめた。

歌っている路子の横顔を見つめていた。愛おしさで胸が一杯になってきた。

『……母のない子に　なったなら　だれにも　愛を話せない』

藤圭子の歌もいいが、路子には、この歌が一番合っているように思えた。

歌が終わり、再び糸居五郎が話し始めた。

「いい歌だよね。でも路子さん、店で歌ったことないよね」

「店で歌う歌じゃないよ」

「でも、リクエストされない？」

「歌えないって言って、他の曲にしちゃう」

「俺が店で歌ったら嫌かな」

「それだったらいい。私のために歌って」

「いいよ。明日、歌うよ」

「眠い？」

私は首を横に振った。

「じゃ飲み直そう」

路子はブラックニッカのボトルとグラスを用意した。「ツマミ、さきイカしかないけど」

私と路子は、ストレートで飲んだ。

「ケン坊、新潟市出身なんだってね」

「うん。路子さんの生まれは？」

「路子でいいよ。私、東京。洲崎《すさき》って分かる？」

「聞いたことあるけど」

「洲崎は売春街よ。洲崎パラダイスって言ってね。昔は賑わってた」

母親が売春婦だったのか。おそらくそうだろう。

「両親、まだ生きてるの？」

「死んだって聞いてない」路子はさらに口を歪ませて笑った。

「兄弟は？」

「三つ下の弟がいたけど、十歳の時に腹膜炎で死んじゃった。人ってさ、簡単に死んじゃうんだよね」

答えようもない。私はウイスキーを喉に流し込んだ。

「ケン坊の親父って何してるの？」

「人を簡単に死なせないようにする仕事」

「医者？」

「うん」

「じゃ、あんたの家、金持ちなんだ」

「医者にもよるよ」私は笑って誤魔化《ごまか》した。

「医者の坊ちゃんが、なんでよれてるの？」

「分かんない、そんなこと訊かれても」

「東京に出してもらって、大学に行かせてもらって……ようするに甘えてるんだよね」

こんな女に説教されるなんて。ちょっとむかついた。

「あんたも医者になるの？」

「俺、法学部に通ってるんだよ」

「何で医者にならないの」

「人に早く死んでもらいたいから」

思ってもいないことが口をついて出ていた。

「死んでほしい人がいるんだ」

「いないよ、そんなの。でも、新宿駅で機関銃をぶっぱなしたくなることがあるな」

「分かる気がする」

「路子はどう？　死んでほしい人間いる？」

「顔さえ合わせなきゃいい、って思う奴がいるだけ。あ、この曲、好き。知ってるよね」

「テンプテーションズの『ジャスト・マイ・イマジネーション』」

「横文字、駄目なの。『はかない想い』っていうのが、日本でのタイトルよ」

路子が生あくびを嚙み殺した。

「寝ようか」

「うん」

私が、ボトルやグラスを片づける間に、路子が火燵を部屋の隅に押しやった。

私は、パンツとランニングシャツ一枚になって、毛布にくるまった。扇風機が静かに回っていた。

なかなか眠りが襲ってこなかった。目を閉じ、星をイメージした。すると瞼の中にいくつもの銀色の粒が現れた。子供の頃から、眠れないとそうしてきた。

路子が寝返りを打った。それでも私は瞼の中の星を見つめていた。

「寝た？」路子が訊いてきた。

「寝てない」

「何考えてたの？」

「何にも」

「私のこと考えなかったの？」

「忘れようとしてた」

一瞬の沈黙の後、路子がそっけなく言った。「いいよ、こっちに来て」

私は躰を起こし、ゆっくりとランニングシャツを脱ぎ捨てると、ベッドに躰を滑り込ませた。上半身裸の路子は壁の方に顔を向けている。

私は、掛け布団を捲り、彼女の顔を覗き込んだ。彼女が仰向けになった。唇に唇を落とした。最初、路子の反応は鈍かった。しかし、突然、私にすがるように躰を求めてきた。

私は無我夢中で路子を抱いた。

事が終息を迎えても、私たちは抱き合っていた。話はほとんどしなかった。やがて、空が白み、枕木を叩く音が聞こえた。近くを山手線か西武新宿線が走っているらしい。

壁に寄せられたシングルベッドでの行為。窮屈なセックスだった。しかし、満たされている。それは、男の欲望が去った後も続いた。

路子は心がささくれだった女には違いない。しかし、私にとっては、居心地のいい相手だった。

「そうだ、猫、飼ってるんじゃないの」

「どうして知ってるの？」

「喜美恵さんから聞いた」

「どっか行っちゃって、帰ってこない。死んだのかも。あんた、ミーちゃんの生まれ変わりかもしれない」

路子の〝あんた〟と言う声が、心地よかった。

「ニャオ」私はふざけながら、路子をぐいと抱き寄せた。


その夜をきっかけにして、私と路子は密会するようになった。

大概は彼女のアパートですごしたが、日曜日にレンタカーを借りて、御殿場《ごてんば》までドライブしたこともあった。前の年に、東名高速が全線開通したから、走ってみようということになったのだ。だが、当時はまだ首都高が東名と繋がっていなかったので、渋谷から先は二四六を使った。

私と路子は、話しあったわけではないが、当然、店にばれないように注意して仕事をしていた。変わったことと言えば、私の持ち歌に『時には母のない子のように』が加わり、頻繁《ひんぱん》に歌うようになったことだ。

歌っている最中、一度はどちらからともなく目を合わせた。

相変わらず富村は路子に迫り、マイクをベタベタにしてムード演歌を歌っていた。坂出の方は品良く飲み、時々、私をも、店が終わった後に、夜の街に連れ出してくれた。

先に仕事が終わる私は、彼女のところに泊まる日は新大久保にある深夜喫茶で路子を待った。

私は路子に首ったけだった。そして、彼女も同じ気持ちを持っていたようだ。だが、結婚の話も将来のことも一度も話に出たことはなかった。

ただ一緒にいて、今日を生きる。それだけで幸せだった。

七月に入ってすぐ、新しい女が入店した。渋谷のキャバレーにいた女だった。

初日、彼女の客が四人やってきた。そのせいで、店は普段よりもうんと賑わっていた。

坂出はボックス席に座れたが、遅くきた富村はカウンター席に甘んじなければならなかった。

「ぱっとしない店だな」

太鼓腹の禿《は》げた親父がそう言ったのが耳に入った。

「飯島さん、そんなこと言わないでよ。私、大きな箱の店には向かないの。分かってよ、社長」髪を軽く染めた痩せたその女が言った。

私が『知りすぎたのね』を歌い終わった時、禿げの社長が私に声をかけた。

「おい、兄さん、チークを踊れるのをやってくれ。ムードが高まるやつ」

「リクエストがあればおっしゃってください」

「そうだな。『赤いグラス』がいい。その後に『銀恋』」

アイ・ジョージと志摩ちなみの『赤いグラス』は、『銀座の恋の物語』と同じぐらい人気のあるデュエット・ソングである。

客のリクエストに応えて、路子と二度ばかり歌ったことがある。ママが歌えと路子に言った。

彼女のキーは私とは違う。カポタストをフレットに嵌《は》めた。

社長の飯島と部下の村中という男が、ホステスを伴ってステージの前に立った。

一番を私が歌い、二番は路子が引き受けた。

『……私だけが知ってる、あの夜の……』

路子は私の方を見つめながら、歌った。しかし、決して艶《つや》っぽくはなく、気持ちが籠もっているようには見えなかった。

この手のナイトクラブ風の歌を歌わせると松尾和子が一番上手だと思いつつ、私は路子を見つめ返した。

『赤いグラス』が終わると『銀恋』に移った。

リズムが違うので、リズムボックスをいじる。

歌っている途中、カウンターから声が飛んだ。

「お前ら、できてんじゃないか」

富村が私を睨み付けていた。

踊っていた客とホステスの動きが一瞬止まった。しかし、私も路子も、顔色ひとつ変えず、最後まで歌い通した。

客とホステスが元の席に戻ると、坂出が立ち上がった。彼の十八番は、加山雄三『君といつまでも』。

富村が路子をなじっている。ママが間に入っても、富村の苛立ちは収まらない。

突然、坂出が歌うのを止めた。

「あんた、うるせえんだよ」

坂出の声が店に響き渡った。私はギターを弾くのを止めた。リズムボックスの音だけが残った。間抜けな感じがした。

「文句あるのかよ」富村が立ち上がった。足がふらついている。

「坂出さん」

私が止めたが、坂出はマイクを私に渡すと、富村に歩み寄った。そして、富村の胸倉をつかんだ。

「やれ！　やれ！」新規の客たちがはやし立てた。

奥田とママが止めに入った。

「ケン坊、歌って」喜美恵が言った。

私はマイクをスタンドに嵌め直し、残りの部分を歌い始めた。

『幸せだなア　僕は君といる時が一番幸せなんだ……』

私は噴き出すのを堪えてセリフを口にした。

路子も止めに入っていた。おざなりだった。ちらりと私を見た時、目が笑っていた。

富村と坂出の喧嘩は大事にはならずにすんだが、富村は荒れていた。ステージを降りた私にもからんできた。

「誤解です、富村さん」私は富村を真っ直ぐに見て、きっぱりと否定した。

坂出が私を呼んだ。「まあ、一杯飲めや」

「いただきます」

興奮がまだ収まっていないのか、坂出の表情は険しかった。彼が私をじっと見つめた。

私は目をそらし、グラスを空けた。坂出も、私と路子の関係を疑っている。そう思えてならなかった。

その夜は、まっすぐに終電で家に帰った。ふたりとも電話を持っていなかったし、呼びだしもままならなかった。

翌日、その後のことを路子と喜美恵に訊いた。

「ふたりに食事を誘われたけど、喜美恵さんが助け船を出してくれた」路子が答えた。

「ちょうど知り合いが鮨屋をオープンして。そこに呼ばれてたから、彼女を連れていったの。あんたら、歳が近いから、お似合いに見えちゃうのよね。これからは、ああいうリクエストがきたら、私が相方を務めるよ」

その夜、客らしからぬ見知らぬ男が店にやってきた。撫で肩の、頰のこけた中年男だった。着ているものも見窄《みすぼ》らしかった。面長で、下唇の両端が下がっている。笑みを浮かべていたが、それが却って小狡《こずる》そうな人間に見えた。

男は奥田にこそこそと話していた。奥田がうなずいた。

男はエロ写真売りだった。これまできていた三浦はしばらく顔を見せていなかった。三浦の仕事をこの男が引き継いだらしい。

カウンターの客に写真を売って、帰ろうとした男が、ボックスの方に目を向けた。

男の視線の先に路子がいた。路子の頰が引きつっていた。

奥田もふたりの様子に気づいたようだった。

「また寄せてもらいます」エロ写真売りは、躰を小さくし、頭を下げてから出ていった。

三日後にも男は現れた。そして、ちらちらと路子を見ていた。

その夜、私は新大久保の深夜喫茶で、いつものように路子を待ち、夜鳴き蕎麦を食べた。

先ほどまで激しく降っていた雨が止んでいた。

「新しいエロ写真、売ってるオッサン、路子の知り合いだろう?」

「ちょっとね」

「何者なんだい」

「いいよ、あんな男のことなんか」吐き捨てるように言って、路子は話題を坂出に振った。「私、プロポーズされたよ」

「受けたの?」

路子と結婚する気などないのに、面白くない気分になった。

食べ終えた私たちは、アパートに向かった。

「どうやって断ったらいいか、一緒に考えて」路子が言った。

「うん」すっと気持ちが楽になった。

「いい人だし、私にとっては大事なお客でしょう。何て言おうかと思って」

「できるだけ早いうちに、誰とも結婚する気はないってはっきり言うしかないな」

「そしたら、客としてもう来なくなるね。一応、あんな店でも指名料あるんだよ」

「しみったれたこと言うなよ。お前だったら、いくらでも客はつくさ」

「簡単に言ってくれるね。相談して損した」路子の歩みが速くなった。

「そこ、ぬかるんでるよ」

私の言葉を無視して、路子はアパートに向かった。

部屋に入ると、扇風機の風を受けながら、私たちはまた酒を飲んだ。

「ケン坊、将来は弁護士になるの」

「その気はあるけど、こんな生活をしてちゃ、留年、間違いないな」

路子の頬が歪んだ。「こんな生活？　言葉に気をつけてよ。まるで私のせいみたいじゃん」

「ごめん。そういう意味じゃない。俺、夜の新宿が好きなんだよ」

「あんたの歌とギターじゃ、この街でずっとは生きていけないね」

「分かってるよ。ホストでもやるかな」

「舐めたことを言うんじゃないよ。ホストって大変な仕事だよ。甘やかされて育った医者の息子に務まるはずない。弁護士になんなよ」

「簡単に言ってくれるね」今度は私が言い返した。「司法試験って難しいんだぜ」

「銀座の店にいた時、弁護士の客もけっこういたけど、柄《がら》の悪いのもいたね。だから、夜の新宿が好きなあんたに、弁護士って仕事、向いてるかもしれない。客あしらいもうまいから成功するかも」

夜の街を泳ぎ渡る深海魚になれるタマではないことは分かってる。しかし、明日のことも定かではない生き方に惹かれていることも嘘ではない。

私はグラスを空けるとベッドに潜り込んだ。やがて、路子もやってきた。

躰をまさぐり合っているうちに、雄の欲望が頭をもたげた。私は動きを止めた。行為の最中、ふと窓ガラスの方に目が向いた。

「どうしたの？」

「人が覗いてた」

カーテンが薄いから、男の影がはっきりと見て取れたのだ。

服を着た私は、足を忍ばせて玄関まで行き、思い切り開けた。

窓のところに立っていた男のにやにや笑いが目に飛び込んできた。

新しいエロ写真売りの男だった。

「何だよ、お前」私が声を荒らげた。

「お取り込み中のようなので、待ってたんです」男は動じない。

「彼女に何の用なんだ。帰れ」

「私、玉村って言うんですけど……」

「入れてやって」

背後から路子の声がした。

「いいのかよ」

「失礼します」腰を屈《かが》め、靴を脱ぐと、玉村は部屋に入った。

路子はパジャマ姿で煙草を吸っていた。「娘のよがり声が聞きたかったのかよ」

私は唖然《あぜん》として口がきけなかった。

「なかなかノックできなかったんだよ」玉村は、そう言ってから火燵の前に胡座《あぐら》をかいた。

「俺、帰るよ」

「帰らないで。ここに座って」路子が口早に言い、ベッドに目を向けた。

「すぐに失礼しますから、どうぞ、どうぞ」

何が、どうぞどうぞだ。

「いいから座ってよ」

私は彼女の横に浅く腰を下ろした。

玉村は路子をじっと見つめ、つぶやくように言った。「もう二度と会えないかと思ってた」

「……………」

「綺麗になったし、元気にやってるのをみたら」玉村の目が潤んでいた。「随分、探したんだけど……」

「で、何か用?」

「お前に再会できた。だから、会いたくなっただけだよ」

「私の跡を尾《つ》けてきたのね」

「そうするしか、会ってくれないと思って。母さん、どうしてるか聞いてない?」

「知らないよ」路子が吐き捨てるように言った。

この男は路子の父親か。私は唖然として玉村を見つめてしまった。

玉村が私に視線を向けた。「安心しましたよ。あなたみたいな人が彼氏で。お名前は？」

「有川謙太郎です」

「謙太郎さんですか。凜々《りり》しいお名前で」下唇の端をだらりと下げて、玉村がうなずいた。

「店に告げ口する気じゃないでしょうね」

「まさか。これからも店に行くことはあると思うけど、親子だっていうことも黙ってる。だから、時々、会ってくれないか」

「今更、よく言うよ」

「昔は、本当にお前にも母さんにも迷惑かけたと思ってる。この通りだ」玉村は、畳に頭を擦りつけ、謝った。

路子が私に目を向けた。「この男のことは信用しないで。心もなく謝るのが得意なんだから」

玉村は頭を下げたまま、口を開かなかった。

「金の無心ならお断りよ」

「そんなこと考えてもいないよ」

「エロ写真、売ってるってことは、新宿のヤクザとくっついてるんだよね」

「飯場で働いてたんだけど、腰を悪くしてね。それでしかたなく……」

「その前は刑務所？」

「彼氏の前で、父親の恥を話すなんて」

「この男は窃盗もやれば詐欺もやった。娘の私だって売るような男よ。ずっと刑務所に入っててほしい」

「路子、もう俺も五十五になった。最後は新潟の刑務所にいたんだけど、冬が寒くて」

「新潟？」路子が聞き返した。

「そうだけど、それがどうかしたか」

「僕は新潟出身なんです。刑務所ってまだ西大畑にあるのかな？」

刑務所の移転の話が持ち上がっているのを聞いたことがあった。だから、ついそんな質問をしてしまったのだ。

「移転の話、私も聞いてました」

「店にはもう顔を出さないで」

「でも、あれが俺の商売だから」

「出入りしないで」

「考えておくよ。お前に迷惑かけるのは嫌だから」

「帰って。二度とここに来ないで」

玉村はメモをポケットから取り出し、テーブルに置いた。「父さん、旭町、今は新宿四丁目に変わってるけど、そこの木賃宿に泊まってる、一応、教えておくよ」

路子は口を開かない。

玉村はふうと息を吐き、私に笑いかけた。「娘のことよろしくお願いしますね。本当にいい子なんだから」

「帰れよ」路子が吸っていた煙草を玉村に投げつけた。

玉村はそれを拾って、灰皿の中でゆっくりと捻《ひね》りつぶした。そして、「どっこいしょ」と言って立ち上がると、私に頭を下げ、部屋を出ていった。

しばらく、私たちは口も開かず、その場を動かなかった。

「私のこと嫌になったよね」路子はそう言いながら、伸びをすると、火燵の前に胡座を掻いた。そして、グラスになみなみとウイスキーを注いだ。

「そんな飲み方止めろよ」私はきつい調子で言った。

しかし、路子は呷《あお》るようにグラスを空けた。

「俺は路子を嫌になんかなってない。嫌になったのは自分自身だよ」

路子が目の端で私を見つめた。「意味分かんない」

「俺、何も言えなかったろう。何を言ったらいいのか分かんなくて」

「あんたには無理。ああいう海千山千を相手にするのは」

「そうはっきり言うなよ」

「無駄に汚れる必要ないよ。甲斐性のある男になればいいんだよ。家族の面倒をちゃんと見られる男にさ」

　そう言われても、路子の言葉が心に落ちることはなかった。自分が妻を娶《めと》り、子供を持つことが、想像もできなかった。

「路子って本名なんだね」

「本名で水商売をやると抜けられないって言うんだけど、私、どのみち、他の仕事はできないもん」

「玉村路子かあ」

「違うよ。私、母親の名字を名乗ってるから山下路子」

　降り止んでいた雨がまた激しくなって、窓を叩いた。

「……時には親のない子のように」そう歌った後、路子は大声で笑いだした。

　何だか切なくて、目頭が熱くなってきた。

「どうしたの？」

「何でもない」私は怒ったように言い、トイレに立った。


　翌夜、路子はベロベロだった。富村に飲まされたのが原因だが、それだけではないことは私には分かっていた。

　路子が久しぶりに藤圭子を二曲続けて歌った。

　呂律《ろれつ》が回らず、ステージを降りた時、足がもつれて床にひっくり返った。四つん這いになって立ち上がろうとした。スカートがめくれ上がって、黒いレースのパンティーが丸見えだった。

「よーし、よーし。俺が介抱してやる」

富村は妙に上機嫌だった。

飛んでいって抱き上げたかったが、見て見ぬ振りをするしかない。歯がゆい思いを隠して、他の客の伴奏を始めた。

三回目のステージが終わった後、私は喜美恵に、早く帰してやった方がいいのでは、とこっそりと進言した。喜美恵は小さくうなずいた……。

時が流れ、夏休みが近づいてきた。

渋谷のキャバレーからきた女はすぐに辞めてしまった。噂によると地球会館の中にあるキャバレーに移ったという。新しい客が何人か来たが、常連になった者はひとりもいなかった。

玉村は、あれ以来、店にやってきていない。路子が、私のいない場所で何か言ったのかもしれない。路子に会った時、訊いてみたが、何も言っていないと彼女は答えた。

坂出も店に現れなくなった。路子はプロポーズをはっきり断ったそうだ。

七月最後の日曜日、私はいつものように路子のベッドで、遅い朝を迎えた。

路子はいなかった。買い物に出かけてくると言った声を聞いたが、私は生返事をしただけで、また眠ってしまった。

扇風機を回し、〝違いがわかる男〟のためのインスタントコーヒーを飲み、煙草を吸い、パンツ一丁で、またベッドに寝転がった。

枕許に置いてあった玩具のピストルを手に取った。前の月に、任天堂が発売した光線銃。標的は壁に取り付けたルーレット盤である。引き金を引くと銃口が光り、標的に当たるとルーレット盤が回るのだ。子供騙《だま》しの玩具だけど、暇つぶしにはなった。

先週、路子が客からもらってきたものである。

引き金を引く。光がルーレット盤を軽やかに回した。

自分はまるで焦点の合っていない暮らしをしている。そんな思いが、胸の底にたゆたった。しかし、何に焦点を合わせたらいいのかまるで分からない。茫洋と拡がる大海を漂流しているような気分だ。そうやっているうちに、何らかの形で追い込まれるだろう。徳俵に足のかかった相撲取りが、そこから力を発揮することだってありえる。甘いな。そのまま土俵下に転落するかもしれないじゃないか。

引き金を間髪をいれずに引いた。ルーレットが勢いよく回った。

ノックの音がした。どうせ新聞の勧誘員か何かだろう。新聞には上品なことが書き連ねられているけど、上品な勧誘員にはお目にかかったことがない。子供の頃、押し売りがよく家にきたが、あれとそう変わりはない。

「新聞はいらないよ」私はベッドから声をかけた。

ドアが開いた。私はベッドから飛び起き、玄関に向かった。

足が止まった。勧誘員なんかよりもよほど恐い人物が立っていた。

私の父、重弘だった。彼の細い目が据わっている。つやつやした丸顔。丸顔の男の目が据わると、とても恐いことを私は子供の頃から知っている。

父は断りもせずに、部屋の中に入ってきた。

「学会？」私が訊いた。

いきなり平手打ちが飛んできた。

「女はどうした？」

「出かけたよ」私は殴られた右頬を押さえながら答えた。

皮膚が切れ、血が滲んでいた。

「服を着たらどうだ」

言われなくてもそうするつもりだった。

「お前のせいで脅されてる」

「え？」

「女の親父から十日ほど前に電話があった」

「………」

「嘘だと思うんだったら、自分で調べてみろと言われたから、探偵を雇った。親父は百万で、後腐れなく別れさせるって言ってる」

「金なんか払う必要ないよ」

「そんなことお前に言われなくても分かってる。しかし、別れるとなれば、それなりのことを女にしてやらんと、後が面倒になる」

「お父さん、そういうことに慣れてますもんね」

「何！」父の両手がぎゅっと握られた。

「俺が彼女と話して解決します」

「お前、結婚を約束したそうじゃないか」

「そんなこと一言も言ったことないし、彼女から迫られたこともないですよ」

「娘もグルだよ」

「父親がそう言ってたんですか？」

「いや、娘が傷つくから近づくなと言ってた。でも、嘘に決まってるじゃないか。私が警察に行くと言ったら、娘まで巻き込まれる。そうなったら、あいつ、飯の食い上げになる。だから、自分ひとりの考えに思わせたかったんだろうよ」

絶対に路子は無関係だ。大声でそう言いたかったが、私は口を噤《つぐ》んだままだった。路子を疑っていたのではない。女にたぶらかされた青二才に思われたくなかった。自分が声を大にして訴えれば訴えるほど、父は、私を馬鹿にするだろう。

ドアが開く音がした。路子が帰ってきたらしいが、中に入ってこない。見知らぬ男の靴に気づいたようだ。

「何してんだよ、入って」私が口早に言った。

路子はサングラスをかけていた。ノーメイクであることを隠すために、口紅だけ引いて出かけたらしい。手に握られた買い物籠から長ネギが顔を出していた。

「俺の親父」

「謙太郎の父の重弘です」

「初めまして」路子がちょこんと頭を下げた。

狭い部屋に三人は立ったままだった。

「座ろうよ」私が言った。

父が火燵の前に胡座をかいた。

「冷たいもの、キリンレモンしかないですけど」路子がそう言って台所に向かいかけた。

「おかまいなく。それよりきちんと話をつけたい」

路子は父の正面に正座した。

「玉村豊作という男は、確かにあなたの父親ですね」

「父が何か」

「猿芝居は止めろ。君の父親に脅された。百万、払えってね。娘が不憫《ふびん》だとも言ってたよ」

路子の呼吸が荒くなった。「放っておいてください。カタは私がつけますから」

「息子と結婚の約束をしたとか」

「してません」

「あなた、お父さんに、息子と結婚したいって言ったと聞いてますが、それも嘘ですか?」

路子が黙った。しかし、それは一瞬のことで、がらりと調子を変えて、開き直ったようにこう言った。「結婚するんだったら、年上の人じゃないと。息子さんいい人だけど、子供よ」

そう言われた私は、路子を睨み付けた。しかし、路子は私と目を合わせなかった。

「じゃ、息子が結婚を迫ったこともなかった」

「ないです。私と彼の関係は遊びです。生きてる世界が違いすぎるでしょう」

父は懐からキャメルを取り出し、火をつけた。路子が吸い殻でいっぱいになっていた灰皿を持って台所に消えた。

父の興奮は少しは収まったようで、綺麗になった灰皿を目の前に置かれると、「ありがとう」と小声で言った。

沈黙が流れた。外で遊ぶ子供たちの声が聞こえた。

「あの男を警察に突きだしてください」路子がきっぱりとした口調で言った。

父がまじまじと路子を見た。「本気で言ってるんですか?」

「もちろんです」

「どんな親でも親は親ですよ。そういうことを言っちゃいけないな。大事にしてあげないと」

何てことを言うのだ。私は父を睨み付けた。ろくでもない親とは縁を切れというのが普通だろうが。父は路子が共犯者でなかったとしても、玉村と同類だと決めてかかり、自分たちとは関わりのないところで生きろと言いたかったのかもしれない。

「ともかく、息子との付き合いを、今日限りで止めてもらいたい」

「それは僕が決めます」

「お前は田舎に戻れ」

「そんな話、ここでしなくてもいいでしょう」

「すみませんでした。あの男には、私からきちんと話します」

父が路子を目の端で睨んだ。「別れてくれますよね」

ややあって、路子は大きくうなずいた。そして、腰を上げると、玄関に向かった。

「路子……」

私が立ち上がった時には、路子は、サンダルを引っかけ、外に飛び出していた。

「彼女の言う通り、玉村を訴えればいいじゃないですか？」

「こういうことは、穏便にすませる方がいい。母さんにはまだ話してない。彼女も別れることを承知したんだ。すぐに手を切るんだな。それにバイトも止めろ。お前が男芸者みたいなことをやってるとは。情けない」

「帰ってくれませんか」

「お前はどうするんだ」

「鍵もかけずに、出るわけにはいかないでしょう」

「殊勝な顔をしてるが、あの女もなかなか強《したた》かそうだ。すさんでるよ、あの子も」

私はベッドに転がっていた光線銃を手に取った。玩具と分かっているのに、父は身を硬くした。

引き金を引いた。銃口が光った。

「本物だったら死んでますよ」

私は目を離さずに、そう言うと父は目をそらした。そして、玄関に向かった。

「父さんはAホテルに泊まってる。明日は休診にする。後でホテルに来い」

私はそれには答えなかった。

夜になっても、路子は戻ってこなかった。私は食事もせずに、酒をくらって、彼女を待っていた。心に羽根が生えて、どこかに飛んでいってしまいそうだった。

午後八時頃から、雨が降り出した。

酒はあらかた飲み干してしまった。

雨がいよいよ激しくなった時、ドアが静かに開いた。

ずぶ濡れになった路子が部屋に入ってきた。

「まだいたの？」

「どこに行ってたんだよ」

「………」

「鍵をかけずに帰れないだろうが」

「もうお終《しま》いにしましょう」

「いやに簡単だな」

「こういうことって簡単な方がいいのよ」

そう言われると、路子の身も心もほしくなった。いきなり、彼女を押し倒した。路子は抗《あらが》った。火燵の上の空のボトルが畳に転がった。

「止めてよ」

路子はボトルを手に取り、私の背中を叩いた。力が入っていないのでまるで痛くなかった。

はっとした。玄関口に人が立っていた。

興奮していてドアが開いたことに、私も路子も気づかなかった。

玉村は肩を落とし、口を開かない。

私たちはもつれ合っていた躰を離した。

「何しに来たのよ‼」路子が歯を剝いて怒鳴った。

「出直してくる」

路子がすっと立ち上がり台所に姿を消した。

「親父は金なんか払いませんよ」

玉村は下唇を下げて薄く微笑んだ。「謙太郎さん、こんな生活してちゃいけない。親が泣きますよ」

憤怒で頭に血が上った。私は勢いよく立ち上がった。玉村が後じさった。私が玉村に迫った。その時、路子が台所から出てきた。庖丁をかざして、玉村に斬りつけようとした。咄嗟《とっさ》に私は、路子の躰を抱きしめた。

「止めろ」私は絶叫に近い声で止めた。

「死ね。死ね、死ね」路子が暴れた。

右腕に痛みが走った。庖丁が私の皮膚を切ったのだ。

急に路子の躰から力が抜け、その場にへたりこんでしまった。

切られた箇所から血が流れ出していた。

医者には行けない。咄嗟に思った。

玉村が私に近づき、傷口を調べた。「浅い傷です。すぐに水で洗って」

私は流しにいき、言われた通りにした。

部屋に戻ると、火燵の上に救急箱が乗っていた。玉村が私の腕を圧迫した。血を止めようとしているらしい。それから、ヨードチンキを手に取った。

「ちょっと沁《し》みますよ」

「私がやる」路子が言い、父親からヨードチンキを奪い取った。

ヨードチンキを傷口に塗られた。私の顔が歪んだ。

玉村が路子に包帯を渡した。痛みはあったが、これで何とかなると思うとほっとした。

玉村は、私に一礼すると部屋を出ていった。

「ごめん」路子がかすれた声で謝った。「一緒に医者に行こう」

私は首を横に振った。そしてつぶやくように言った。「あいつを刺さなくてよかった」

「本当に大丈夫？」

「ああ」

「じゃ悪いけど、今日は帰って」

「うん」私は、感情の尾を引きずったまま、玄関に向かった。

どこかで路子の言葉を待っている自分に気づいた。その気持ちを吹っ切りたくて、雨の中に飛び出した。

歌舞伎町まで歩いた。日曜日の夜の歌舞伎町は人通りが絶え、死んだように静かだった。

〝時には母のない子のように〟

私は口ずさみながら、ただ呆然として歩いていた。


あれから四十三年が経っている。

私は鐘ヶ淵の駅前でタクシーを降り、住宅地図のコピーと老眼鏡を取り出した。

山下路子の住むアパートは、もう少し荒川に近い路地の一角にあるようだ。

私は表通りを離れた。

あの事件の翌日、控え室で、奥田に言われた。明日から、新しい弾き語りが入ると。

路子との関係がバレたのか、と思ったが違うようだ。奥田の態度は実に穏やかだった。

「何でクビなんですか？」

「いやあ、クビってわけじゃないんだ」

「ひょっとすると親父が？」

「そろそろ真面目に勉強する時期だよ」奥田は私の肩を叩いて、控え室を出ていった。

その夜、路子は出勤してこなかった。切られた傷は、ギターを弾くのに支障はなかった。

私は、最後のステージで、『時には母のない子のように』を歌った。あふれ出るものを何とか堪えて最後まで歌いきった。

仕事が終わると喜美恵たちに別れを告げ、ギターを持って、路子のアパートに向かった。

電気は消され、鍵も閉まっていた。新大久保の喫茶店で明け方まで待ったが、彼女は戻ってこなかった……。

友だちを使ってスナック『紫苑』に電話を入れさせたところ、路子は店を辞めていた。

それからも二度ほどアパートを訪ねたが、路子は不在だった。

七月最後の日、私は新潟に戻った。

だが、そのまま田舎で暮らすなんてまっぴら。父と和解し、九月に上京した。

絶対に会わないと父に約束したが、東京に着いたその夜に、アパートを訪ねた。

電気が点《つ》いていた。躊躇《ためら》いがちにノックをした。出てきたのは若い学生風の男だった。路子は引っ越してしまったのだった。喜美恵に電話をしたが、彼女も路子の行方は知らないと言った……。

被害者のアパートは稲荷神社の近くにあった。

外階段を上がってすぐの部屋に山下路子は住んでいた。高ぶる気持ちを抑え、思い切ってインターホンを鳴らした。

ややあって、ドアが押し開けられた。

「何か？」

臙脂《えんじ》色のTシャツを着た太った女だった。腕に包帯が巻かれていた。

私が夢中になった山下路子ではなかった。

呆然と立ち尽くしていた私に女が言った。

「あんた、金の買い取り業者ね。何も売るもんなんかないよ。入れ歯も金じゃないから」

ドアが目の前でぴしゃりと閉まった。

示談の話をする余裕も気持ちもなくなった私は逃げるようにして階段を駆け下りた。

タクシーを拾った。家にこのまま帰る気にはなれなかった。

「どちらに？」運転手に訊かれた。

「新宿」

咄嗟にそう答えた。

久しぶりの新宿だった。靖国通りを渡り、歌舞伎町一番街に入った。飲食店に店の無料案内所、マッサージ屋、スマートボール屋など、私が覚えている店は姿を消していた。喫茶『上高地』もない。

スナック『紫苑』の場所は大体覚えていたが、辺りが変わりすぎて、特定することはできなかった。しばらく、その辺りをうろつき、閉鎖されたコマ劇場の方に歩を進めた。コマ劇場は解体されてしまっていた。

歌舞伎町も都市開発が進んでいると聞いている。

歌舞伎町をぶらついているうちに、辺りが夜の色に染まった。

ショットバーに入り、ブラックニッカをストレートで頼み、煙草に火をつけた。

私にはふたりの子供がいて、いずれも独立した。仕事もうまくいっていて、妻との仲も悪くはない。

路子の言っていた〝甲斐性のある男〟に成れたと言っていいだろう。

私は、その姿を路子に見せたかったのだ。

しかし、鐘ヶ淵の山下路子が別人でよかった。私の今の姿を、あの路子に見せるなんて発想。冷静に考えたら、馬鹿げているではないか。

グラスを空け、お替わりを頼んだ私は上着を脱いだ。その日はわざと半袖のシャツを着ていた。

右の二の腕にうっすらと、あの時の傷が残っていたが、歳を重ねるごとに色が褪《あ》せ、今ではよく見ないと分からないぐらい白く変色している。

私は、その傷を軽くさすった。

〝時には母のない子のように……。母のない子に　なったなら　だれにも　愛を話せない……〟

私の耳は確かに路子の歌声を聞いていた。

私は一気にグラスを空け、勘定を払い、外に出た。

路子の歌声は聞こえなくなった。

歌舞伎町は昔以上に、活気に満ちていた。

押入

私の名前は相沢宏人《ひろと》。大手ビール会社の営業部員である。

営業成績は悪くない。自分で言うのも何だが、座持ちはいいし、顧客の心を摑《つか》むのもうまい方だ。常に明るく振る舞い、やや多弁になりすぎるきらいはあるものの、聞き上手でもある。〝相沢さんといると元気がもらえる〟と言われることも珍しくない。

妻の鈴代と娘の真央、妻の母親である古橋《ふるはし》晴子の四人暮らしである。先月の三日、文化の日に三十七歳になった。

鈴代は私のひとつ年下で、学生の頃から付き合っていた相手である。子供ができるまでは設計事務所で働いていた。二級建築士の資格を持っている。娘は十一歳。私立の小学校に入れた。自宅からは、かなり離れているが、良家のお嬢さんが通っている学校に入れたいという鈴代の強い希望で、そうなったのである。

低学年の頃は鈴代が車で送り迎えをしていたが、今はほとんどひとりで電車で通学している。鈴代が迎えにいくことはたまにしかない。

学校の行き帰りに何かあったら、と私は心配だったが、過保護は却って、真央の将来のためにならないと、自分を戒《いまし》め、何も言わずにいる。

杉並の住宅街にある一軒家に住んでいる。かなり大きな家だが、持ち主は私ではない。鈴代の母のものである。鈴代の父は高校時代に交通事故で他界したが、かなりの遺産を残していたから、母子が食うに困ることはなかった。

妻の実家で暮らすことに初めは抵抗感があった。しかし、ひとり娘の鈴代を嫁にもらった手前もあって同居することを承知した。子供が生まれてからは、義母が家にいてくれるおかげで、鈴代の負担も減り、何かと重宝している。六十七歳になる晴子には古風なところがあり、男である私を立ててくれるので居心地は悪くない。

家でも私は明るく振る舞っている。妻や義母ともよく会話を交わす。家事を手伝うことも厭《いと》わない。

それどころか、お好み焼きの用意を始めた鈴代が、肝心要《かなめ》の小麦粉を買い忘れたと言っても、怒りもせず、愚痴もこぼさず、「俺が一走りして買ってくるよ」と出かけてゆくような男である。そんな私は、近所の奥さん連中にも大変評判がよろしいようだ。

ここまでの話を聞くと、誰しも、私が屈託のない、精神の安定した人間に思えるだろう。しかし、実際は違う。と言っても、不満を溜め込んで、突然、暴れたりする性格ではない。むしろ逆である。

たとえばスーパーマーケットで、よちよち歩きの子供が近づいてきたりすると、棚に寄りかからんばかりの姿勢で避ける。もしも子供が勝手に私にぶつかってきて転倒し、死んだらどうしようと不安になるのだ。

顧客と愉《たの》しく飲み食いをし、相手が自分に好感を持ったと感じても、ひとりになると、何か余計なことを言って、相手を不快にさせたのではないかと暗くなる。殺人犯の名前が相沢と聞いただけで、自分も、いつかどこかで人を殺して刑務所に送られるのではないか、とどきりとする。

要するに心配性なのである。こういう状態が高じると、強迫性障害という病に罹《かか》って、日常生活が営めなくなることがあるのかもしれないが、私の場合は、そういう兆《きざ》しすらまるでない。意味もない嫌な気分は一日、二日経てば消えてしまう。ただ、必ず新たな不安を誘う出来事が起こるのだ。いや、正確に言うと起こるのではなくて、自分の脳が生み出してしまうのである。

強迫性障害と診断され、医者に通って行動療法などを受けている人からみたら、この程度の心配性は大したものではないだろう。しかし、本人としては、それはそれなりに辛いのである。

私の営業成績がいいのは、皮肉なことに、無意味なことに恐怖を感じているからだと私は或る時気づいた。

存在の不安というと大袈裟だが、つまらないことを気にしているものだから、営業成績が落ちるというような具体的な問題で頭を悩ませることはない。上がるものは下がる。エレベーターと同じ、と鷹揚《おうよう》に受け止めることができるのだ。

顧客に対しては常に一歩引き、相手の心を読みはするが、思ったことを包み隠さず口にすることもある。それがいつでも功を奏するとは限らないが、顧客の懐に飛び込むことができるので信頼されることの方が多い。

競争心もあるし、プライドも高いが、出世に目の色を変え、思い描いたように事が運ばないと苛立つこともなければ、落ち込むこともない。

それもこれも、取るに足らないことにとらわれ、ひとりで思い悩む性格に起因しているのだ。


真央の行動に異変が起こったのは、あの大地震の起こった翌日だった。

地震が発生した日、私は会社から歩いて真央の通う小学校に行き、そこで娘と一緒に一晩すごした。女だけが通う学校に泊まるのは当然、初めてだった。講堂の片隅で、私は真央と躰《からだ》をすり寄せるようにして寝た。

地震の後、私は愚にもつかないことで頭を悩ませることが減った。

日本国の一大事に面と向かわなければならないことが、私を解放してくれたらしい。

しかし、それだけが原因ではなかった。具体的な問題を背負い込むことになったのだ。

しかも、その問題は、不思議な現象と言えるものだった。

小学校の講堂で一晩すごした翌日から真央が狭い場所を異様に怖がるようになった。

トイレに入るのを嫌がり、ドアを閉めると悲鳴を上げた。押入を開けても泣き出す始末である。

学校は数日間、臨時休校となった。その間に、娘の〝閉所恐怖症〟を何とかしないと、学校でトイレに行けないという由々しき事態を招きかねない。尿意を我慢しすぎたら、膀胱《ぼうこう》が破裂することだってありえる。

しかし、女の子のトイレの問題である。いくら父親でも男だから口を出しづらかった。私は、押入に対する恐怖を取り除くことに専念した。

真央の目の前で、わざと押入を開け、布団を出してみた。

「止《や》めて、パパ」真央が泣き出した。

「どうしたの？」

「押入、恐い」

「そうかあ。パパも、子供の頃、押入が恐かったな。怪物がいるんじゃないかって思ってた。でも、大人になったら恐くなくなったよ」

真央の頭を撫でながらそう言った。しかし、真央は本当に恐いらしく、躰が震えていた。

中に入って見せたこともあったが、結果は同じだった。

トイレについては、ドアを開けっぱなしにし、鈴代と晴子が交代で戸口に立つことになった。真央は最初は嫌がっていたようだが、生理現象には勝てず、母と祖母の提案を不承不承、受け入れた。

そんなことになったきっかけは地震にあるのだろうか。いや、そうとは限らない。真央は当然、私の遺伝子を受け継いでいる。だから、地震が起こらずとも、いつかは私と同じように、意味もない不安に苛《さいな》まれる事態を招いていたのかもしれない。

あの晩、私は娘を抱くようにして一緒に眠った。それが、引き金となって、真央の深層心理に変化が起こった？　まさか、とは思いつつも、気になってしかたがなかった。

娘が異様な態度を取りだした直後、私は鈴代と義母と、真央が眠った後、話し合いの場を持った。

「何か原因があるはずだよ」私が言った。「地震が起こった時、どこにいたかって訊いてみたんだけど、真央は答えないんだ。父親に言えないこともあるんじゃないかって、それ以上しつこくは聞かなかったんだけど」

「あの時、誰かにいじめられてたのかしらね」晴子が茶を啜《すす》りながら言った。「トイレみたいな狭い場所で」

「あの学校はいじめがないって聞いてたから入れたのよ」鈴代が不満そうだった。

「どんなにいい学校でも、いじめはあるさ」

私はそう言いながら席を立った。そして、冷蔵庫から缶ビールを取りだした。その日、会社から持ち帰った新発売の缶ビールである。

居間に戻ってプルトップを引いた。

晴子が鈴代に目を向けた。「担任の先生に訊いてみた方がいいんじゃない？」

「その前に、私が真央にそれとなく探りを入れてみるわ」

「それがいい。母親にしか話せないこともあるだろうから」

「原因を見つけるのも大事だけど、もしも閉所恐怖症にかかっていたら、どうしようかね」晴子がつぶやくように言った。

「程度問題ですよ」私は缶ビールに口をつけた。「今の学校は、ちょっと生徒の態度が変わってるだけで、医者に診《み》せろというらしい。学校は責任回避をしてるだけ。僕はとんでもないって思うんです」

鈴代がうなずいた。「あなたの言う通りね。医者にもひどいのがいるのよ。平気で子供に抗うつ剤や精神安定剤を処方しちゃうそうよ」

「あら、まあ……」晴子が驚いた。

「そうなのよ。後遺症で悩んでいる子が結構いるみたい」

「呆れるわね。私の子供の時なんか、泣いてばかりいる子がいたけど、先生は優しくみんなにこう言ってた。〝泣きたいんだから泣かせてあげなさい〟ってね」

「それが健全な対処法ですよ。すべて病気にしてしまう風潮に、僕はすごく腹が立つ」

私はビールを飲み干し、缶を潰した。

「あなた、それって、この間、あなたが話してた新発売のビール？」鈴代が訊いてきた。

「え？　ああ、そうだよ。評判もいいし、よく売れてる」

鈴代も義母も酒を嗜《たしな》むが、この親子は、ライバル会社のビールが好みである。そのビールに打ち勝たんがために、我が社は新しいビールを世に送り出したのだ。

「飲んでみて。うちの社の自信作だから。お義母《かあ》さんもどうです？」

晴子は答えない。心ここにあらずと言った体《てい》であらぬ方向を見つめていた。ちょっと様子が変である。

「お母さん、どうしたの？」

「え？　何でもない。子供の頃を思い出してただけ」

晴子が微笑んだ。明らかに作り笑いだった。子供の頃の嫌なことでも思い出したのかもしれない。

私は妻と義母のために、我が社の新しいビールを用意した。

ふたりが試飲した。

「どう？」

親子が見つめ合った。

「やっぱりCビールの方が口に合うなあ」鈴代が正直に答えた。

「お義母さんは？　本当のことを言ってください」

「おいしいけど、私には濃すぎるね」

「そんなにCビールってうまいかなあ」私は小首を傾げた。

鈴代がくすりと笑った。「この間ね、隣の奥さんに、Cビール、買ってるとこを見られちゃったの。〝あーら、旦那さんの会社のビールじゃないのね〟って言われたから、

〝主人に頼まれて試飲するんです〟って咄嗟《とっさ》に答えたんだけど、相手は信用してなかったわ。だって、一ダースも試飲するはずないものね」

私は、妻が我が社のビールが好みでなくても一向にかまわなかった。

鈴代は何事においても大らかで、大きくかまえていられる女である。娘のことを心配するあまり、学校に駆け込んだり、医者に診せるとヒステリーを起こさないところが素晴らしい。

我が子が可愛いゆえに、周りが見えなくなり、却って、子供を苦しめるようなことをしてしまう母親がいるものだ。もしも鈴代が、そういう態度を取ったら、私は毅然《きぜん》として彼女と闘わなければならなかったろう。真央のためにも。

あらぬ不安を抱いて生きている自分には、こういう大らかな女が一番合っている。あっけらかんとして、Cビールを買った時のエピソードを話している鈴代を見て、改めてそう思った。

しかし、そんな鈴代にも、これまでは自分の心配性について話したことはなかった。

「俺ってさ、本当は小さなことをすごく気にする男なんだよ。真央があぁなったのは俺の遺伝子のせいかもしれないな」

真央のことを心配するあまり、その夜、私は初めてそんなことを口にした。

「あなたが、ちょっとしたことでくよくよしてるのは何となく分かってた。でも、あなたは、すぐに立ち直るじゃない。もしも真央が、あなたの遺伝子を受け継いでいたとしたら、あの子もまたすぐに立ち直る。そういうことになるでしょう?」

「そうかあ。お前の言う通りだよな」

鈴代の明るい一言が、私を安堵《あんど》させた。


「確かではないんだけど、何となく原因が分かったわよ」

鈴代がそう言ったのは翌夜のことだった。

私は身を乗り出して、鈴代の話を聞いた。

地震が発生した時、真央はトイレにいた。お腹が痛かったそうだ。

私の眉がゆるんだ。「なーんだ、それだけのことか」

「痛いって言っても、お腹を壊してたんじゃないのよ」鈴代が続けた。「話を聞いてるとね、初潮の前兆が起こったみたい」

「初潮の前兆……」

私は目を白黒させるばかりで、次の言葉が出てこなかった。

「男のあなたに言っても分からないのは当たり前だけど、ともかく、これまで経験したことのない躰の異変と地震が一緒になって、恐怖心が生まれたみたい」

「真央はまだ九歳よ。ちょっと早すぎるんじゃないの」晴子が口をはさんだ。

「今の子は成長が早いから、あの子の歳で始まることもあるみたい」

晴子が遠くを見るような目をして、頬をゆるませた。「私、いつだったかしら……忘れちゃったわね」

「私は覚えてるけど、まあ、いいや、そんな話は。大丈夫よ。心配いらないと思う。真央に、女の躰についてて、分かりやすく説明しておいたわ」

「で、あの子の反応は？」私が訊いた。

「今の子は、耳年増だから、いろんなことをすでに知ってるの。でも、私に言われたことで、少しは安心したみたい」

鈴代の言ったことは当たっていた。

真央がトイレに入った時、「ドアを閉めますよ」と鈴代が言っても、泣き出すようなことは数日でなくなったのだ。

しかし、なぜか押入に対してだけは、恐怖心が消えなかった。

「パパがついてる。押入から何か出てきても、守ってあげる」

私は、そんな言葉しか娘にかけられなかった。


あの大地震からもうじき一年九ヶ月が経とうとしている。

真央のトイレに対する恐怖心はすっかり消えた。押入に対しても、以前のような過剰な反応は見せなくなったが、絶対に押入を開けようとしないので、真央の部屋の押入に仕舞ってあったものは、布団以外、すべて取りだし、部屋の隅に置きっぱなしになっている。

た。真央がほぼ震災前の状態に戻ると、私の愚にもつかない恐怖心が再び頭をもたげ始めた。

学校が目に入ると、どきりとする日が半年ほど続いた。学校の前を通れないほどひどくはないが、自分の乗ったタクシーが小学校の前を通ると目を背《そむ》けてしまった。しかし、それも日を追うごとに少なくなり、今は平気である。

ここのところAフードの佐山健太郎という取締役とよく飲み食いをしている。私は外食営業課の一員なのだ。

Aフードは、来年新たに三店舗の居酒屋を開くことになっていた。ライバル会社の攻勢を封じ込め、新発売の生ビールのシェアを伸ばすためにも、佐山は大事にしておかなければならない相手だった。

佐山は四十六歳。大学でラグビーをやっていたというだけあって躰が大きく、押し出しもいい。本人もよく飲むが、相手にも飲ませるくせがある。佐山と付き合うのには覚悟がいる。

佐山は、どこで飲み食いしても、最後は、銀座にある小さなスナックに顔を出す。そこのママに入れあげているのだ。しかし、思い通りには運んでいないようである。

私も男だから、女の子のいる店が嫌いではないが、大して興味はない。早く解放されることを願いつつ、佐山に付き合っているのが常だった。

十二月に入っても暖かい日が続いていたが、その日は滅法《めっぽう》冷え込み、風も冷たかった。

佐山がママと飲んでいる間、私の相手をするのは決まって詩織というホステスだった。北海道出身で、酪農家の娘だという。歳は二十五だと言っている。本当かどうかは分からないが、気のいい、素人くさい詩織とは気が合った。彼女に悪い癖があるとしたら、飲みすぎることぐらいである。時々、携帯に営業メールを送ってくるが、特別な思いをまるで持ってない私は、ひとりで店に行ったことはない。

その夜は、私たちが店に入った時から、詩織は出来上がっていた。その上、佐山が飲ませるものだから、へべれけの状態だった。

佐山は店が終わった後、どこかにいこうとママを誘った。

「それじゃチェックを」私が言った。

やっと帰れると思ったが、そうはいかなかった。

「佐山さん、詩織ちゃんにもおいしいもの食べさせてあげて」

ふたりきりになるのをママは避けたかったようだ。

佐山はちょっと嫌な顔をしたが、断るのも野暮《やぼ》だと思ったのだろう、「いいよ」

「本当にいいんですか?」詩織がとろんとした目で佐山を見た。

「もちろん」佐山は私に目を向けた。「相沢さん、もう一軒付き合ってよ。払いは俺がするから」

解放されるとほっとした矢先だったから、どっと疲れが出てきた。しかし、顔には出せない。

私たちは近くのダイニングバーに行った。

佐山とママを放っておいて、私は詩織の相手をしていた。詩織は大して食べずに飲み続けた。

「詩織ちゃん、それ以上飲むと、ぶっ倒れるぞ」

「倒れたら、私をおぶって帰って」

「共倒れしそうだな」私は笑って誤魔化《ごまか》した。

「私、軽いよ。相沢さん、私のこと太ってるって思ってるの」

「違うよ。俺、痩せてるだろう？　佐山さんみたいな逞《たくま》しい躰だったら、お姫様だっこだってやってあげられると思うけど」

詩織が少し躰を離して、私を見た。「そうね、ちょっと心配かも」

そんな、たあいない話をしているうちに、どんどん時間がすぎていった。

やっとお開きになったのは午前二時すぎだった。佐山がママを送っていくという。

「相沢さん、詩織のことをよろしくね」

ママにそう言われた私は、詩織をタクシーに乗せた。

詩織は南麻布に住んでいるという。

「相沢さんって、すごくしゃべりやすい人ですね」詩織が呂律《ろれつ》の回らない口で言った。

「そう？　それは嬉しいね」

「でも、女の子のいる店、本当は好きじゃないんでしょう？」

「そんなことはないよ」

「相沢さん、みんなに気を使ってて、本当に愉しんでないの、分かるもん」

「愉しんでるよ、マジで」

「ちょっと眠っていい？」

そう言い終わるか終わらないうちに、詩織はドアに躰を預け、目を閉じてしまった。

南麻布のエリアに近づいた時、私は詩織を揺り起こした。

「いずみ、ごめんね」詩織が言った。

寝ぼけているらしい。いずみというのは女？　いや、男の可能性もある。

やっと詩織が起きた。マンションの建ち並ぶ通りにはまったく人気はなかった。

「ちょっと待ってて」

「え？」

タクシーを降りた詩織は、小さなマンションの外階段を上がっていった。足許がふらついている。赤いコートの裾が風にはためいていた。私は、転倒しやしないかと気が気ではなかった。

十分以上待たされた。

階段を降りてきた詩織はひとりではなかった。四十代に見える女が一緒だった。その女は子供を抱いていた。詩織の足許は相変わらずふらついている。

車に乗っていてはいけないような気がして私はタクシーを降りた。

「お母さん、かなり酔ってるようですね。後はよろしくお願いします」子供を抱いた女が言った。

「この子は……」

女が怪訝《けげん》な顔をした。「佐藤さんのお子さんです」

「いずみ……」詩織が力なく言った。

夜働いている子持ちの女のための託児所に、詩織は子供を預け、仕事に出ているということらしい。

託児所の女は、子供を抱いてタクシーのところまでついてきた。

「苦しい」詩織が言った。

詩織をタクシーに乗せた私に、託児所の女が子供を渡した。そして、マンションに戻っていった。

他人の子を押しつけられた私は緊張した。落としたりしたらそれこそ一大事だ。

タクシーが動き出した。

「詩織ちゃん、家はどこ?」

「え? ああ……次の角を右に曲がって……」詩織は場所を説明すると、また寝てしまった。

子供は起きていた。大きなあどけない目がじっと私を見つめていた。初めは男か女か判別できなかったが、着ているものからすると、女の子のようである。歳は二歳か三歳ぐらいに思えた。

子供は私から目を離さない。

将来、自分をこうやって見つめたことなど忘れてしまうだろうが、記憶の底にはデータとして必ず保存されているはずだ。それが何らかの形で作用し、彼女が好きになる男のタイプに影響をあたえるかもしれない。そんなくだらないことを考えていると運転手に声をかけられた。

「この先でいいんですか？」

私は詩織を起こした。

詩織の住まいは、タクシーの停まったところから目と鼻の先に建つ小振りのマンションだった。

私は子供を抱いてマンションに向かった。後ろから詩織がついてきた。

この光景を知り合いに見られたら、誤解されるのは間違いない。

マンションに着いた。鍵を出す詩織の手がおぼつかない。

自分はどうしたらいいのだろう。へべれけの詩織に子供を託していいのか。

困り果てた私をさらなる問題が襲った。詩織がその場に蹲《うずくま》ってしまったのだ。

「寒いよ」

防犯カメラが目に入った。

蹲っている女に子供を託して帰って、何かあったら……。

恐怖心がまたぞろ芽生《めば》え始めた。

詩織に声をかけた。「しっかりして、子供がいるんだよ」

「うん。分かってる。いずみ、ごめんね……」詩織が何とか立ち上がった。

私は子供を片腕で抱え、キーホルダーを詩織の手から取った。鍵は二本しかついていなかった。オートロックを外す。そして、一緒にエレベーターに乗った。詩織が再び蹲った。

部屋番号を訊きだし、ドアを開け、詩織を先に中に通した。

「入って」そう言うなり詩織は、コートも脱がずにトイレに駆け込んだ。

私は言われた通りにするしかなかった。トイレから嘔吐する苦しげな声が聞こえてきた。

電気のスイッチを片手でまさぐった。

部屋が明るくなった。最初に飛び込んできたのは、部屋に干してあるカラフルな下着だった。

私は何だか悪いことをしているような気分になり、一刻も早く、この部屋から出たかった。

詩織がトイレから出てきた。

〝じゃ、僕はこれで〟という言葉を口にする暇もなかった。詩織はベッドに倒れ込んでしまったのだ。コートは着込んだままである。

部屋は冷え切っていた。エアコンを入れてやった。部屋の隅に電気ストーブがあったのでそれも点《つ》けた。

子供が急に泣き出した。

「詩織ちゃん」私は軽く詩織の躰を揺すった。

「うん、うん、ありがとう……」

そうは言われても、すぐには部屋を出られなかった。

「よーし、よーし」私は子供をあやしながら、母親の横に寝かせた。

それでも子供は泣き止まない。

また不安が私を襲った。

母親が寝返りを打って、子供を窒息させやしないか。私が帰ったら、誰が玄関の鍵を閉めるのか。誰かが部屋に入ってきて、ふたりに何かあったら……。

私は、詩織が起きるまで帰れなくなった。帰ったら、ふたりのことが心配で一睡もできなくなるだろう。きちんと見届けないと、自分の神経がおかしくなってしまう。

私は一旦、ラブチェアーに腰を下ろした。詩織は、正体なく眠りこけている。コートの赤が禍々《まがまが》しく見えた。やがて泣き疲れたのだろう、子供も静かになった。

二時間ほどそのままでじっとしていた。何も考えられなかった。尿意をもよおしたので、トイレに入った。トイレは酒臭かった。

真央のことが脳裏をよぎった。あの子はどうして狭いところを怖がるようになったのだろうか。

トイレから出た。詩織がうめき声を上げた。

「詩織ちゃん、起きて」

「喉、渇いた」

私は水を用意して、ベッドの脇にしゃがみ込んだ。「さあ起きて」

詩織が二度うなずいた。だが、すぐには起きなかった。揺り動かした。それでやっと
詩織は目をさました。

「ああ、相沢さん……」びっくりしている様子だった。

いい加減にしろ、と言いたくなったが、誤解されると困るので事情を話した。言い訳
しているように聞こえるくらい、焦ってしゃべっている自分が情けなくなってきた。

「相沢さんに甘えちゃったのね、私」

「それはいいけど、子供がいるんだったら、あんな飲み方しちゃいけないよ」

「分かってる」詩織が力なくうなずいた。

「じゃ行くね」

詩織が起き上がって玄関までやってきた。

「ゆっくり休んでね」

「ありがとう。相沢さんって本当に責任感があるのね」詩織が涙声で言った。

泣かれたら余計に迷惑だ。

私は曖昧に笑って、「戸締まりちゃんとするんだよ」と言い残して、部屋を出た。

タクシーに乗ると、ほっとした。しかし、きちんと鍵をかけたかとか、自分は帰る間際、ちゃんと電気ストーブを消したかとか、不安が次々と頭に浮かんで気が滅入ってきた。

翌日は土曜日だったので、私は遅くまで寝ていた。

起きてから、私は遅くなった理由を鈴代に話した。

顧客が急性アルコール中毒になって、放っては帰れなかったのだと嘘をついた。

鈴代は、営業マンである夫がクラブなどに出入りしているのは知っている。だから、よほど本当のことを言おうかと思ったが、やはり、口にはできなかった。

「パパ、これ見て」

真央が髪をツインテールにし、カラフルなゴムで止めていた。

「ウサギちゃんみたいで可愛いね」

その日は、真央の学校は休みだった。真央は母親と一緒に原宿に出かけていった。

居間でテレビを視るともなしに視ていたが、詩織のことが気になっていた。

あれから事故が起こってはいやしないかと心配だったのである。

何が起ころうが、自分には何の責任もないし、やれることはきちんとやってきた。普通の客だったら、あそこまで面倒を看《み》ることはないだろうし、看たとしても、とっくに忘れてしまっていることだろう。

気持ちもない女のことなのに、なぜ、自分はそういう風になれないのか。そう思えば思うほど、さらに気分が沈んでいった。

晴子が居間に入ってきた。「キンツバ、食べる？」

「いいですね、いただきます」

ソファーに寝そべっていた私は躰を起こし明るく答えた。キンツバを食べたいとはまったく思っていなかったが、反射的にそういう態度を取ってしまった。

私は晴子と茶を飲み、キンツバを食べた。

「キンツバを食べるのって、本当に久しぶりだな」私が言った。

「これは、門仲《もんなか》の友だちからもらったの。昔はどこででも買えたけど、今はね」晴子がキンツバを口に運んだ。「真央、初めて昨日、キンツバを食べたんだけど、あまり好きじゃないみたい」

「今の子の口には合わないんでしょうね。でも、お菓子の好き嫌いなんかどうでもいいですよ。真央が普通にしててくれれば」

「まだ押入のこと気にしてるの？」

「ええ、まあ……」

「だいぶよくなったじゃない。後は時間の問題。そのうちに治るわよ」そう言った晴子が私から目を逸《そ》らした。

その話題を取り上げてほしくない。そのように感じ取れた。しかし、それは思い過ごしかもしれない。人の心を先回りして読みすぎるのも、恐怖心の表れでしかない。

テーブルの上に置いた私の携帯が鳴った。メールが入ってきたのだ。

私は携帯を開いた。詩織からのメールだった。ほっとした。何事もなかったらしい。

茶を飲み終えると、私は居間を出て、自分の部屋に引き取り、詩織のメールを読んだ。

『ご迷惑をかけたことを謝りたくてメールしました。本当にごめんなさい。私、相沢さんに甘えすぎてました。お詫びのしるしに、さっきちょっとしたプレゼントを買いました。店で渡してもいいんですけど、それだと営業と同じになっちゃうから、ご都合のいい時を教えてください。私としては、明日の日曜日、どこかでお茶でも飲めたらいいなって思っています』

最後にハートマークがふたつ踊っていた。

ホステスのハートマークを特別なものと思うほど世間知らずではない。親愛の表れと受け取った。

翌日は接待ゴルフが入っていた。千葉まで出かけるが、夕方には戻ってこられる。

本当はお詫びのしるしを受けるのも面倒だった。だが、すでにプレゼントは用意されているらしい。それを断るのも変である。佐山が行かなければ、私があの店に顔を出すことはないし、詩織としては、佐山の前で、私にだけプレゼントを渡すわけにはいかないはずだ。

私たちは午後五時に、新宿の紀伊國屋の前で待ち合わせをすることにした。

ゴルフを終え東京に戻った私は、新宿駅で下車した。約束の時間に遅れそうだったが、持ち合わせが少なかったので、近くの銀行のＡＴＭで金を下ろした。

詩織は赤いコートを着て、本屋の前に立っていた。遅れたことを詫びてから、紀伊國屋書店の裏にある喫茶店に詩織を連れていった。

詩織はタイトなデニムに黒いブーツを履いていた。小さな髑髏《どくろ》マークがいくつか入った茶色いニットを着、中折れハットを被っていた。ドレス姿よりも数段若く見えた。

「子供はどうしたの？」私が訊いた。

「明大前に姉が住んでるんです。そこに預けてきました」

「明大前なら新宿からも乗り換えずに行けるね」

「だから、新宿って言われて助かった」

笑ってそう言った詩織の顔が急に真面目になった。そして、改めて詫びの言葉を口にした。

「もういいよ。僕は全然気にしてないから」

「これ、良かったら使ってください」

大きなバッグからリボンのついた包みが取り出された。

「開けてみていい？」

「はい」

センスのいい柄のネクタイだった。気に入ったが、頭の隅では、鈴代に対する言い訳を考えていた。ゴルフの景品だと誤魔化すことにした。

「素敵なネクタイだね。本当にもらっちゃっていいのかな」

「もちろんです」

「じゃ、遠慮なくいただいておくね。ところで、いずみちゃんはいくつ？」

詩織が怪訝な顔をした。「私、娘の名前、教えましたっけ」

「何度も、いずみ、いずみって呼んでたから覚えちゃったよ」

「全然、覚えてません。すみません。いずみは歳が明けたら三歳になります」

「大変だね。夜の仕事をしながら子育てするのは」

「離婚したから、しかたなく、今の商売に入ったんです。手に職つけたいんですけど、そんな時間はないし、これからのことを考えると、気が滅入ってきて……。あ、また、余計なこと言っちゃった」

「いいよ。話ぐらい聞いてあげるよ」

詩織は、店では二十五歳ということにしてあるが、本当は三十歳だそうだ。小さな旅行代理店に勤める男と去年、離婚したという。

「本名は何て言うの？」

「佐藤詩織よ」

源氏名《げんじな》に本名を使うと、一生、この水商売から抜けられないと言われていることを思い出したが、口には出さなかった。

「あんなところに託児所があるなんて、びっくりしたよ」

「でしょうね。お客さんに教えたのは初めてです」

「うまく飲んだ振りして、早めに帰るようにした方がいいよ」

「そうなんですけど」詩織が眉をゆるめた。「私、けっこうお酒好きだから、つい飲んじゃうんです」

「そうだよね。詩織ちゃんよく飲むもんな」

詩織が目を伏せた。「いずみのこと、可愛いんですけど、時々、何もかもどうでもいい気になることもあるんですよ」

「おいおい、何てこと言うんだよ。遊びたいだろうし、やりたいこともあるんだろうけど、作っちゃったんだから我慢しなきゃ」

「分かってます。でも……」詩織が口ごもった。

私は黙って詩織の言葉を待った。

「夜泣きが激しい時期があったんだけど、そん時は、一緒に死のうかと思った」

「おっかないこと言うなよ」

「そう思ったことがあったっていうだけ。ご心配なく、今は、いずみを幸せにするのが、私の一番の仕事だって思ってますから」

「それを聞いて安心したよ」

「私みたいに離婚して、子供と暮らしてる友だちがいるんだけど、彼女の子供、最近、パパがほしいって言い出したんですって」

「二歳とか三歳で、そんなこと言うの？」

「友だちの子供はもうじき六歳になります。やっぱり、男親も必要なんですよね」詩織が弱々しい笑みを浮かべてそう言った。

私にアプローチしているとはまったく思わないが、ちょっと鬱陶しい気分になってきた。

小一時間ほどしてから、私は詩織と一緒に新宿駅に向かった。詩織は姉の家に行くという。

「あんまり飲みすぎないようにね」

「土日は一滴も飲みません。よかったらまた店に遊びにきてください」

「これ、ありがとう」私はネクタイの入った箱を振って、詩織と別れた。

家に帰った私の顔色が変わった。

新宿で女と一緒だったことを妻に知られたわけではない。真央がまたトイレを怖がりだしたのでもなかった。

銀行のＡＴＭで金を下ろした際、手にしたはずの利用明細がどこにも見つからなかったのだ。口座番号は一部しか記されていないが、銀行名と名前、それに残高は印刷されている。

気持ちが悪い。残高は大したことはないが、たった四、五万の金ほしさに人を殺す人間も世の中にはいるではないか……。

馬鹿なことを心配するな。私は自分に言い聞かせた。口座番号も住所も分からないのだから、なくした利用明細が原因で何かが起こるなんてあり得ない。

自分の心配は杞憂《きゆう》である。分かっているのに、しばらくはそのことが頭から離れなかった。


くだらない恐怖心を木っ端微塵にするほどの大事件が起こったのは、それから一週間ほど経った時だった。

午後六時すぎ、顧客と会うために会社を出ようとしていた私に、妻から電話がかかってきた。

「あなた……」鈴代の歯の根が合わない。

「どうした、真央に何か……」

「うちに強盗が入ったの」

胸を襲った衝撃があまりにも激しくて、口がきけなかった。ややあって、やっと言葉になった。

「それで、怪我は……」私の声も震えていた。

「大丈夫だけど、すぐに帰ってきて」

「警察は呼んだのか」

「うん。早く、帰ってきて」鈴代が泣き崩れた。

私は上司にこっそりと事情を告げ、すぐに退社した。

私の家の前に警察車両と思える車が数台停まっていた。制服警官に名前を告げ、家に入った。

ソファーに座った鈴代が真央を抱きしめていた。晴子の姿はなかった。

「怪我は本当にないのか？」

鈴代が首を横に振った。

「お義母さんは？」

「頑張って事情聴取は受けたんだけど、苦しそうだったから、救急車を呼んでもらったの。お母さんは大丈夫だって言ったんだけど」

晴子の持病は高血圧である。

手袋を嵌《は》めた見知らぬ人間が三人いた。ひとりは女だった。所轄の私服刑事に違いなかった。かなり年輩の、ごま塩頭の男が私に話しかけようとしたが、それを制して、私は真央の前にしゃがみこんだ。

「もう大丈夫だよ」

「パパ」真央が泣き出した。

「泣かない、泣かない。パパがずっと一緒にいるから」

「そうよ、真央。パパが守ってくれる」鈴代がさらに強く真央を抱きしめた。

真央の興奮が収まったところで、私は立ち上がった。

三人の人物が自己紹介した。果たして三人とも所轄の刑事課の刑事だった。

「それで犯人は？」私が訊いた。

「もっか捜査中です」

ごま塩頭の刑事が答えた。林田という名前だった。

事件の詳細は、真央や鈴代の前では聞きたくなかった。

「話は私の部屋で」

女の刑事を居間に残し、林田は、背の高い若い黒原という刑事を伴って、私と一緒に二階に上がった。

狭い部屋である。

三人もの人間が同時には座れなかった。私だけが机の前の肘掛け椅子に腰を下ろした。

事件が起こったのは午後五時すぎだという。鈴代は出かけたついでに、真央を車で迎えに行き、家に戻ると、そのままひとりでスーパーマーケットに買い物に出かけた。それからしばらくして、賊が家に侵入した。玄関の鍵が閉まっておらず、賊はそこから中に入ったらしい。居間でテレビを視ていた晴子が物音に気づき、廊下に出た。目の前に黒いキャップを被り、サングラスをかけた男が立っていた。義母は悲鳴を上げようとしたが、男に口を押さえられたという。「女の子はどこだ？」と侵入者が訊いてきた。晴子は教えなかった。強盗は晴子を抱えるように二階に上がった。真央の部屋から物音がした。強盗は晴子を連れて真央の部屋に入った……。

林田刑事が、そこまで言って、メモ帳に目を落とした。

「犯人は〝声を出したら、ふたりとも殺す〟と晴子さんを脅かし、懐からナイフを取りだしたそうです」

「その時、真央は？」

「気丈なお子さんですね、悲鳴も上げないで犯人を睨みつけてたそうです」黒原が口を開いた。

恐怖で口がきけなかったのではないか。私はそう思ったが、何も言わなかった。

犯人は晴子から離れ、真央に近づいた。晴子は〝その子には何もしないで〟と懇願したそうである。

犯人は、晴子にガムテープと紐を用意させた。そして、金を置いてある場所を晴子に訊いたという。晴子は自分の部屋の金の隠し場所を教えた。男はまず晴子を縛り、ガムテープで口を塞いだ。真央にも同じことをした。そして、ふたりを押入に閉じ込めたという。

私は、刑事たちに背中を向け、両肘を机について頭を抱えた。震えが止まらない。

部屋に沈黙が流れた。

「大丈夫ですか？」林田に声をかけられた。

「……」

「お話、続けてよろしいでしょうか？」

私は顔を上げた。「どうぞ」

五時四十五分頃、鈴代が買い物から帰ってきた。家の様子がおかしいことに気づき、二階に上がった。真央の部屋の押入の襖がガムテープで塞がれていた。ふたりの名前を呼ぶと、押入の中から呻《うめ》き声が聞こえた。ふたりを助け出した鈴代がすぐに一一〇番した……。

「何が盗まれたんですか？」ややあって、私が訊いた。

「それはまだ分かってません」林田が答えた。

晴子は病院である。彼女にしか盗まれたものは分からないだろう。

「義母の具合は？」

「それは私には答えられませんが」林田が続けた。「普通、被害者は動揺していることが多いので、時間をおいてから事情をお聞きするんですが、晴子さんは、早く犯人を捕まえたいと言って、彼女の方から進んで、事情聴取を受けたんです。でも、やっぱり、ちょっと無理だったのかもしれません」

「真央はどうだったんです？」

「お嬢さんもしっかりしてらっしゃいましたよ。押入に閉じ込められた、お祖母《ばあ》ちゃんの呼吸が苦しそうだったので、お嬢さん、縛られていたのにお祖母ちゃんの口を塞いでいるガムテープを何とか外そうと頑張ったみたいです」そう言った黒原は本気で感心している様子だった。

怖くてしかたがないはずの押入に閉じ込められた真央が、そんな行動を取った。にわかには信じられなかった。

「最近、不審な人物が、この辺りをうろついていたというようなことはなかったですか？」林田が訊いてきた。

「私は朝、出勤すると、遅い時間に帰宅することがほとんどですから。よく分かりません」

はっとした。紛失したATMの利用明細がひょっとして……。

私は、ぼそぼそとそのことを刑事たちに教えてから、すがるような目を林田に向けた。

「そんなことありえませんよね。利用明細には住所は載ってないし」

「まあそうですね。でも、一応、どこでなくされたかおうかがいしておきましょう」

私は日時、銀行名そして場所を口にしてからこう訊いた。

「夕方に強盗ですか？　暗くはなってたでしょうけど、誰かに見られる可能性が高い時間ですよね」

林田がうなずいた。「ご主人のおっしゃる通りです。でも、今は、そういう推測を裏切る事件が多いんです」

刑事たちと一緒に居間に戻った。私は真央の隣に静かに腰を下ろした。

刑事たちが引き上げると、居間は静まり返った。

「怖かったろう」私は無理に笑みを作って、娘を見た。「でも、よく頑張ったね。お祖母ちゃんを助けようとしたんだって。勇気あるんだな、真央は」

「お祖母ちゃん、死ぬかと思った」真央がまた泣き出した。

私は真央を慰めてから、こう言った。

「俺、ちょっとお義母さんの様子を見てくるよ」

鈴代が私を見た。「私も行くわ」

「私も」

鈴代と真央を車に乗せた。

動転しているのが原因で事故でも起こしたら、それこそ一大事。私はいつもより神経を使ってハンドルを握った。

義母は病室で休んでいたが、思ったよりも元気そうだった。

「もう心配しなくてもいいそうよ。血圧も正常に戻ったし」

私は主治医と話した。入院は必要ないと言われたので、義母を家に連れて帰ることにした。

車中、義母が謝った。「私が玄関の鍵をかけてれば、こんなことにはならなかったのよ。ごめんなさい」

「お母さんのせいじゃないわよ」鈴代が言った。「私だって、よく忘れるもの」

「そうですよ」私は相づちを打った。

家に戻ってからは、事件のことは誰も口にしなかった。鮨《すし》の出前を頼んだが、箸は進まなかった。

食事もそこそこに、義母と真央が居間を後にした。鈴代も一緒に席を立った。

私は放りっぱなしになっていた鈴代が持ってきたレジ袋の中身を取りだし、ナマモノを冷蔵庫にしまった。

鈴代が二階から降りてきた。今夜は真央と一緒に寝るという。

「でも、なぜうちが狙われたのかしらね」鈴代が言った。

「昼間は男がいなくて、女三人だって調べてあったんじゃないかな」

「そうかもね。でも真央が、おかしくならなくてよかった」

「そうだね」

そう答えたものの、私は不安だった。

普段の生活が戻ってきた時、ＰＴＳＤのような症状がでるかもしれない。治りつつあった押入に対する恐怖心がまた真央を苦しめることも十分に考えられる。

翌日、会社を休んで警察署に赴いた。そして、被害にあったものを教えた。義母の部屋から盗まれたものは、現金十二万円と貴金属だった。貴金属と言っても、高価なものはほとんどなかった。

義母と鈴代は、それからも何度か警察の事情聴取を受けた。だが、犯人が捕まらないまま時がすぎていった。

街はクリスマス気分で一杯だったが、私の暗く沈んだ気持ちが晴れるわけもなかった。顔を見られている犯人が、隙を見て再び我が家を狙うかもしれない。次に狙うのは家族の命ではなかろうか。

私は警備保障会社と契約し、防犯カメラも設置することにした。えらい出費になったが、気にならなかった。しかし、それでもって安心できたわけではない。

自分が仕事に出ている間に何か起こるかもしれない。犯人が、真央を誘拐しないとも限らない。

底なしの不安に苛まれた私は、仕事もままならない状態に陥った。林田刑事に電話をして捜査状況を聞いても、詳しいことは話してくれなかった。

鈴代も義母もこれまで通り、明るく振る舞っていた。おそらく、心の底では私同様、不安を抱えているのだろうが。

不思議なことが起こった。

真央が、事件以来、押入をまったく怖がらなくなったのだ。

押入の中で極限状態を味わい、苦しそうにしている祖母を助けようとしたことが却って、良い結果を生んだらしい。

しかし、そんなことが起こるものなのだろうか。私は揺り戻しを恐れていたが、真央の様子に変化は現れなかった。

強盗に押入に閉じ込められていなかったら、一生、あの〝症状〟が治らなかったかもしれない。何とも言えない妙な気分で、押入に物を片付けている真央を見ていた。


春を迎えたような喜びが私に訪れたのは、二十一日の金曜日だった。

昼前に林田刑事から電話が入った。我が家に入った強盗が捕まったという知らせだった。容疑者は二十一歳の学生で、すでに犯行を認めているという。

「私のなくしたＡＴＭの利用明細とは……」

「はあ？　ああ、あの話ですか。何の関係もありません」

林田の小馬鹿にしたような声が、私を安心させた。

すぐに鈴代に電話をした。自宅にも、今しがた警察から連絡があったという。

その夜は、顧客との忘年会があって、家に戻れたのは午前零時を回っていた。

真央も晴子もすでに床についていた。

私と鈴代はビールで乾杯した。

「夕方、私、警察に電話して、犯人がなぜ、うちを狙ったのか教えてほしいって言ったの。狙われた原因を知ることで、今後の防犯に役に立つから知りたいって迫ったのよ」

「俺も明日になったら電話しようと思ってたんだ。で、答えは返ってきた？」

「うん。夜になって林田さんが部下と一緒にうちに来てくれた」

犯人は困窮状態だった。犯行当日、空き巣に入りやすい家を物色していたのだという。その時、たまたま鈴代と真央が家に帰ってきたのを目撃した。迎えに出た人物が、歳のいった女で、母親は娘をその女に託し、車でどこかに出かけていった。家構えを見たら立派そうで、防犯カメラも設置されていない。ドアノブを回したら開いた。一階からテレビの音が聞こえた。うまくいけば誰にも気づかれずに、金目のものを奪えるかもしれない。二十一歳の若者は、自分に都合のいい解釈をして室内に侵入した。ところが、気配を感じた晴子に見つかってしまった。そこで凶行に及んだらしい。

「大学の名前を聞いて驚いたわよ。犯人はあなたの後輩よ」

私は言葉を失った。

「ホストのバイトをやってるのが親に知れて、仕送りが途絶え、おまけに店もクビになっちゃって、それで泥棒しようって考えたらしいわ」

「子供の育て方を間違えたんだな、きっと」私は深い溜息をつき、ビールを飲み干した。

「ね、もったいなくない？」

「何が？」

「防犯カメラの工事も高かったし、警備保障会社に毎月支払うお金も馬鹿にならないでしょう。警備保障会社との契約を解除したら」

「これからだって何が起こるか分からないよ。近くにまた新しいマンションが建つようだし、そうなると誰が引っ越してくるか分からない」

「あなたがそこまで心配するんだったら、反対はしないけど、でも、何か無駄な気がするな」

鈴代は気が大きい。私は見習いたいものだと、つくづく感心しながら妻の横顔を見つめていた。


翌日の土曜日は、午前中だけ、真央の授業がある日だった。鈴代は真央を迎えにいき、一緒に買い物をしてくると言って、昼前に家を出ていった。

冬晴れの気持ちのいい日だった。

私は晴子と一緒に彼女が作ってくれたざる蕎麦《そば》を食べていた。テレビが点いていて、昼のニュースが流れていた。巨額の詐欺を働いた学生のことが報じられた。

「しかし、何考えてるんだろうね、今の学生は」私が言った。

「私の若い頃も、強盗や詐欺をやった学生はいたわよ」

「へーえ、昔からいたんですか？」

「そうよ。掃《は》いて捨てるほど学生なんているんだから、変なのもいるわよ」

「現金は使っちゃったろうけど、貴金属はどうなったかな」

「見つかったら返してくれるって、林田刑事が言ってたけど、出てこないわね、きっと。母の形見のダイヤの指輪だけでも戻ってきてほしいんだけど」晴子はそう言いながら蕎麦を啜《すす》った。

「しかし、あれ以来、真央が押入を怖がらなくなったのが不思議ですよね」

「何が幸いするか分からないわね」晴子はしみじみとした口調で言った。

それまで視るともなしに視ていたテレビに私の目が釘付けになった。

「今朝、東京都港区のマンションで、母親が小突いたことが原因で、二歳の娘が死亡するという事件が起こりました。警察は、母親の飲食店従業員、佐藤詩織、三十歳を傷害致死の疑いで逮捕しました。佐藤容疑者はかなり酔っていた模様で、その時のことは何も覚えていないと証言しているとのことです。続いては天気予報です。今日の関東地方は……」

私は、箸を宙に浮かせたまま、口がきけなくなった。

「宏人さん、どうしたの？」

「いやあ……その……」

「逮捕された女を、宏人さん、知ってるの？」

「多分、知り合いじゃないかと……。お義母さん、誤解しないでくださいね。僕と付き合いのある女じゃありませんからね」

送っていった夜のことや、ネクタイをプレゼントされたことは口にはせず、接待で使っているスナックで働いてる女だとだけ教えた。

「しかし、信じられないな。とても明るい、いい子なんですよ。確かに、よく酔っ払う子ではあったけど」

私は食事が喉を通らなくなってしまった。

「酔った勢いもあって、娘がうざったくなったのかもしれないわね」晴子がそば湯を注ぎながら、淡々とした口調で言った。

「まさか、そんな。事故ですよ。酔って小突いたら、打ち所が悪かったとしか思えません。子供を殺せるような子じゃなかったですから。娘が可愛いって言ってましたし」

晴子がそば湯を飲み干した。「子供を殺してしまう母親はひどいけど、毎日毎日、子供の面倒に明け暮れてると、どんなに優しい母親も苛々してくるものよ。鈴代は夜泣きが激しかった。私だって、押入に放り込んで、布団を被せたことがあったもの」

「押入」全身がぶるっと震えた。

「そうよ。自分でも何をやってるか分からないうちにそうしてた。何かの拍子に我に返ったの。慌てて、あの子を押入から出して、しっかり抱きしめてね、泣いて謝ったわ。自分は何てひどいことをしたのかって、立ち直れないほど落ち込んだ。で、或る人に相談したら、子育てに疲れた母親が、パニックを起こし、可愛いはずの子供にひどいことをしてしまうっていうのは、私だけじゃなくて、ままあることだって言われたの。自分だけじゃないって分かったら、気分がすっと楽になってね」

「本気で殺してしまう母親と、お義母さんみたいに、ついひどいことしてしまいそうになった人間とでは、やはり、どこかが違う気がするな」

「まあね。でも、子育てに疲れた母親には、魔の瞬間があるのかもしれない」

胸の底にむくむくと嫌な気分がわき起こってきた。

「お義母さん、真央の夜泣きも激しかったですよね。僕でさえ睡眠不足で苛々したこともありました」そこまで言って、私は晴子を見つめた。「鈴代が真央に、そういうことをしたことはなかったですか？」

晴子の目が泳いだ。しかし、それは一瞬のことで、すぐに義母は柔らかい笑みを頰に浮かべた。「あの子はそんなことするはずないわ」

義母の笑みが作り笑いにしか思えなかった。

真央が一歳の誕生日を迎えてすぐに、私は札幌に転勤になった。単身赴任は二年続いた。あの頃のことを思い返してみると、鈴代はかなり疲れた様子で、久しぶりに見る顔が、げっそりと痩せていたこともあった。

結婚後も、鈴代は働いていた。妊娠したことを私に報告した時、嬉しそうにはしていたが、心の底に、仕事を続けたいという思いが強く残っていた気がする。

しかし、子供ができた以上、仕事はきっぱりと辞めてほしいと私は鈴代に頼んだ。実の母親と同居しているのだから、時期を見て仕事に復帰することはできた。しかし、やはり、母親のスキンシップが子供には大事だと私は思ったからだ。鈴代は私の言う通りにした。だが、しばらくは、建築雑誌をよく読んでいた。仕事に対する未練を断ち切れないでいたようだ。

鈴代が、真央を折檻《せっかん》したり、育児放棄をしたりしたことはなかったのは間違いない。

心から愛しているのも手に取るように感じ取れた。しかし、私が単身赴任中に、真央も鈴代によって押入に閉じ込められ、布団を被せられるような経験があったのではなかろうか。

晴子はそれを知っている。真央が押入を怖がる話を初めてした時から、押入が話題になる度に、義母の様子はどこか変だった。ひょっとすると、今、義母が語った、子供を押入に入れ、布団を被せた話は、鈴代のことだったのかもしれない。

「お義母さん、鈴代が真央に、もしもそういうことをしたことがあったとしても、僕はちっとも鈴代を責める気にはなりませんよ。だから、本当のことを言ってください。地震のあった日、真央はトイレに入り、初潮の前兆を感じて不安になった瞬間に、大地が揺れた。それがきっかけで、彼女は狭い空間を怖がるようになった。記憶には残っていない幼児の頃の恐怖心が目を覚ました。だからトイレを怖がらなくなった後も、押入だけを恐れていた。こう考えると押入の謎が解ける気がするんですけど」

晴子が声にして笑い出した。「宏人さん、考えすぎですよ」

「そうかな」私は首を傾げた。「強盗が、お義母さんと真央を押入に閉じ込めた時、そこでお義母さんが苦しくてもがいた。それを見た真央は、お祖母ちゃんを助けなきゃって必死になった。真央は何も覚えていないんだろうけど、子供の頃、あの子も……」そこまで言って、私は言葉を吞んだ。

「同じようにもがいてたって言いたいの？」晴子がさらりとした口調で訊いてきた。

「そうじゃないかと……」私は義母から目を離さなかった。

「宏人さん、想像力が逞しすぎるわよ。強盗事件が起こったことで、神経が過敏になったんじゃないの」

晴子は一笑に付して、食器を片付け始めた。私も手伝った。

食器を載せた盆を手にした晴子が居間を出ようとした時、彼女が足を止め、肩越しに私を見た。鋭い目だった。

「今の話、鈴代にはしないわよね。そんなことで夫婦喧嘩されてはたまらないから」

私は晴子を見返し、うなずいた。「しませんよ」

二階に上がった私は、真央の部屋に入った。そして、押入を開けた。

胸が締め付けられて苦しくなった。

鈴代が、真央を押入に閉じ込め、布団で真央の顔を押さえた証拠は何もない。

しかし、そういうことがあったとしても、それで鈴代との関係にヒビが入ることは絶対にないと思った。

母親の子供に対する密着度は、父親の理解を超えているものではなかろうか。ぴったりと寄り添うことで却って煮詰まることもあるのだろう。

私が考えたことは、私の性格が招いた意味のない想像でしかないのかもしれない。しかし、そう考えることで、逆に気持ちがすっきりした。真央の押入を怖がる理由がそこにあったのならば、それはすでに克服されたも同然だ。理由も分からず、突然押入を怖がるようになったという方が不安である。

詩織のことが脳裏をよぎった。あの子だって子供が大事だったに違いない。酔った弾《はず》みで小突きすぎただけだろう。

突然、むくむくと違う不安が胸の底から立ち上ってきた。

詩織のことで、私も事情聴取を受けることになるのではなかろうか。まさか、そんなことはあるまい。それにあったとしても堂々としていればいいではないか。

自分の部屋に戻った。詩織からもらったネクタイが目に入った。私は洋服ダンスの見えないところに慌てて仕舞った。

外で車の停まる音がした。

窓から外に目を向けた。鈴代と真央が帰ってきた。

私は一階に降りた。ドアが開いた。私にとってかけがえのないふたりが、冬の白い陽射しと共に家に戻ってきた。

買い物には行かなかったらしい。

その理由はすぐに分かった。

真央が動物を抱いていた。生まれたばかりの子猫のようだ。

「パパ、この猫、飼っていいでしょう?」

「どこで拾ったの?」

「学校の駐車場のところにね、箱に押し込められて捨てられてたの」

「箱に押し込められてた……」

「パパ、飼っていいでしょう?」

「どうしたの、あなた」鈴代が怪訝な顔をした。

「いや、何でもない」

「ねえ、パパ、いいでしょう?　ちゃんと私、世話するから。パパ、お願い」真央が懇願してきた。

「まあ、可愛い猫」後ろに立っていた晴子が、裏返したような声で言った。

「いいよ、飼おう」私は気を取り直して承知した。「とりあえず、餌《えさ》とか砂とかを買ってこなきゃね」

「真央、よかったわね」鈴代が顔を綻《ほころ》ばせた。

「パパ、一緒に行く」

子猫を母親に預けた真央を車に乗せ、駅前にあるペットショップを目指した。獣医に診せる必要があるが、明日、明後日と休みが続くから火曜日まで待たなければならないだろう。

「あのままにしてたら、きっと息が出来なくて死んじゃったかも」真央が言った。

「真央が助けたんだよ。偉いなあ」

私は幸せを噛《か》みしめながらそう言った。

横断歩道を赤いコートを着た女が通りすぎた。どきりとした。詩織の着ているコートにそっくりだったのだ。

赤いコートを見ると心拍数が上がることがいつまで続くのだろうか。いつになったら、彼女からもらったネクタイを気にせずに締めることができるようになるのか。

大丈夫。そういう不安はすぐに消える。ただ、新たな心配事が上書きされることになるのは間違いないが。

くだらないことで気を揉《も》む性格は、一生、ついて回りそうである。

マンションは生きている

「あなたもうここでいいから」佐々木さんの奥さんが、ご主人に言った。軽くて冷たい調子だった。

元モデルだったという奥さんはすらりとしていて姿勢がいい。身につけているものもブランド品ばかりだ。

「でも、お前……」

後ろからついてきたご主人が口ごもった。奥さんとは対照的に背中が曲がり、肩が落ちている。ベージュのスウェットパンツには煙草の焦げの跡が残っていた。

佐々木さんの奥さんが、手入れの行き届いた白い歯を見せ、私に微笑みかけた。

「長い間、お世話になりました」

「とんでもない」

「それでは、これで失礼します」

礼儀正しい佐々木さんの奥さんは深々と私に頭を下げた。

桜の開花にはもう少し時間がかかりそうだが、春の丸味を含んだ陽の光が路上を満たしていた。

私の妻は外にいて、植え込みの掃除をしていた。植え込みの部分はガラス張りになっているので、妻からもロビーの様子はよく見える。

佐々木さんの奥さんが、元気よくドアを開け、颯爽《さっそう》とマンションを出ていった。妻は犬の糞を金属製の箸で挟んだまま、首を巡らせ、その様子を見ていた。えらく大きな糞だった。

表には二台の車が駐まっている。一台はベンツ。もう一台は引っ越し業者のトラックだった。

ほどなく、ベンツがトラックを引き連れて去っていった。

取り残された佐々木さんが私に目を向けた。かなり酒が入っているようだった。

「ということです」

力なく言って、精一杯の笑顔を見せた佐々木さんにかける言葉はなかった。

佐々木さんはサンダルをだらだら引きずり、陽の光が届かないロビーの奥に踵《きびす》を返した。部屋に戻るためにはオートロック式のドアを鍵で開けなければならない。彼は鍵を忘れたようだった。私は開閉ボタンを押し、佐々木さんのためにドアを開けてやった。

佐々木夫婦は離婚したらしい。原因など知る由もないが、妻は巡ってきた春を謳歌し、夫は冷たい風の吹く冬に逆戻りしたことだけは確かだ。

私は誰もいないロビーをぼんやりと見つめていた。

遠い昔、私も佐々木さんと同じような経験をした。そのことを久しぶりに思い出したのである。

私は都内の一等地にあるマンションの管理人である。マンションを所有している不動産会社に雇われたのは還暦を迎えた年だった。それから六年の時が流れた。

物流関係の会社を退職した後、さてこれからどうするか、と溜息混じりに考えていた時、住み込みの管理人を探している会社があると、知り合いに教えられた。

妻の景子は、マンションの建つ場所を聞いて乗り気になった。

「土曜日は半ドンだし、日曜日はお休みでしょう。私、一度でいいから都心のど真ん中に住んでみたかったの」

私も、田舎に引っ込むにはまだ若すぎると思っていた。

景子と共に面接を受けると、すんなりと採用された。東京都の指示に従って研修を受け、修了証をもらった。

その修了証は、受付の奥の壁に貼ってある。

世帯数は三十。七〇年代に建てられた古いマンションだが、造りはしっかりしている。当時からここに暮らしている住人もかなりいるようだ。

平日は午前七時半に受付を開け、午後五時まで業務に当たる。

見回りは日に三回。男である私の役目である。館内を隈《くま》なくチェックするわけだが、これまでは大した問題は起こっていない。切れた蛍光灯の電球を替える。ゴミを拾う。落とし物を保管する……。そんな仕事の繰り返しだ。

このマンションを所有している会社は大手で、掃除人を別に雇っているし、設備の点検はしょっちゅう行われている。

とは言うものの、けっこう忙しい。住人の宅配便を預かったり、業者が帰った後の掃除や外回りの点検などをやっているうちに、あっと言う間に時が経つ。

玄関ロビーには、引っ越しの際に居住者からもらった立派なソファーと肘掛け椅子が置いてある。ロビーに花を活《い》けるのは景子の仕事だ。

今は紅梅が、住人の心を和《なご》ませている。

植え込みの掃除を終えた妻が戻ってきた。

その日は土曜日。仕事は正午で終える。

受付のガラス戸を閉め、カーテンを引き、業務終了を伝える小さな札を置き、私たちは受付の裏にある部屋に戻った。

景子がラーメンを作った。

「明日、敦子のとこに行ってくるわね」景子がラーメンを啜りながら言った。

「そうか。たまには顔を出せって言っておいてくれ」

「何言ってるの」景子が短く笑った。「この間、来たばかりじゃない」

「一ヶ月は経ってるだろう?」

「あなたが太志《たいし》に甘いから、敦子、教育に悪いってぼやいてたわよ」

敦子は私たちのひとり娘で、太志は私の唯一の孫である。ひとり娘だから、婿養子をとちらりと思ったことはあったが、私の兄にはふたりの息子がいるから、我が家の姓が途絶えることもないので、コンピュータ会社に勤める男に嫁がせた。夫の和彦は山形の農家の三男坊で親に資産などないし、給料もよくない。だから、それまで住んでいた郊外のマンションは娘夫婦に明け渡した。

この間、敦子が太志を連れてここに遊びにきた時のことだ。

太志は、私が買ってやった玩具のライフルを持って、マンションの正面玄関の左に植わっている立派なソメイヨシノに登ろうとした。

私は止めなかった。管理人としては、そんなことをさせてはいけないに決まっているが、ちょっとぐらいならいいだろう、と桜の木の下で、もしものことを考え、太志の様子を見守っていた。

太志は大喜びして、木の上から私をライフルで撃ちまくった。

「ドラえもん、死ね」

太志は、私がドラえもんに似ているというのだ。どこが似ているのかさっぱり分からないが、ともかく、太志にとって私はドラえもんなのである。

木に登っている息子を見た敦子が、怪我をしたらどうするの？　と怒った。夫の和彦も一緒だったが、私に申し訳なさそうな顔をしたものの口は挟まなかった。

ライフルをプレゼントした時も敦子は渋い顔をした。玩具のライフルで遊んだからといって、将来殺人鬼になるはずもないし、紛争中の外国に行くこともないだろう。しかし、反論したら、収拾が付かなくなる。私は、眉をゆるめて、娘の小言を聞き流した。

「早く降りてきなさい」敦子の口調は厳しい。

「太志、もう帰る時間だよ」夫の和彦が優しく言った。

男の子が木にも登らせてもらえない。公園で大声も出せない。走り回っても駄目。これでいいのか、と首を傾げたくなったが、ここでも娘との言い争いを避け、私はへなへな笑いをして、「太志、降りな」と両手を孫の方に差し出した。

「ドラえもん、死ね」太志がライフルを私の方に向けた。

瞬間、太志の足が滑った。敦子が悲鳴を上げた。しかし、何事も起こらなかった。太志は、私の腕の中にすっぽりと収まっただけである……。

ラーメンの汁を飲み干した私が言った。「お祖父《じい》ちゃんからだって、お小遣いを渡すぐらいはいいだろう」

「金額は私が決めます。あなた、本当に変わったわね。太志のことになると夢中なんだから」景子がシナチクをモグモグしながら答えた。

言われた通りである。孫がこんなに可愛く思えるなんて、自分でも信じられなかった。

「佐々木さんとこ、ついに別れたのね」

「旦那の方、だいぶまいってたな」

「自業自得よ」

夫婦喧嘩が絶えず、深夜、怒鳴り合いの声が聞こえ、理事会で問題になったこともあった。

投資コンサルタント会社の社長である佐々木さんは女遊びが激しいようで、ロビーのソファーでホステスらしい女が、佐々木さんの帰りを待っていたことがあった。

不審者がいるという知らせを受けた私が、失礼のない口調で、女に用件を訊いた時、ちょうど佐々木さんが帰宅した。佐々木さんは金縛りにあったように立ったまま一歩も動けなかった。

「お帰りなさい」女が甘くて棘《とげ》だらけの声で言った。

「外に出よう。近くにバーがあるから」

やっと言葉が出てきた佐々木さんは私に一礼すると表に向かった。

女は不承不承、立ち上がり、佐々木さんの後についてマンションを出ていった。

先ほど勤務時間について話したが、現実は三百六十五日、二十四時間、何かあれば対応する。

マンションは生きているのだ。

管理人は、病院勤めの外科医や警察署長と同じで、休みはあってないようなものだ。

しかし、不満はない。いろいろあって辿り着いた場所としては最高の職場である。

佐々木さんの離婚の本当の原因はどこにあるのか分からないが、私の最初の結婚が破《は》綻《たん》したのは女問題だった。

大学時代に付き合っていた女と卒業後、結婚した。当時、私は証券会社に勤めていた。個人投資家を、上手に口車に乗せて、売り上げを上げていた。

仕事ができる男。間違いなく若い頃の私はそうだった。男が自信をつけると、孔雀の雄みたいに、羽を広げたくなるものである。

女をふたりも作って遊びまくった。妻にばれても、男の身勝手を止めることができず、三十一歳の時に離婚した。妻はその半年ほど前に、一歳になったばかりの娘を連れて実家に戻り、夫婦生活は、その時点で破綻していたのだが。

正気に戻った私は、これまでの生活を悔い改めるから、と実家に何度も赴き、頭を下げた。しかし、妻の心を解きほぐすことはできなかった。

家族を失った暮らしは寂寥《せきりよう》たるもので、妻が持ち出した家具の跡が残る絨毯《じゆうたん》をぼんやりと見ながら深酒をする日々が続いた。

きっと佐々木さんも、今、そんな感じで、がらんとした部屋の広さを感じているかもしれない。

悪いことに、妻とのゴタゴタの最中、私の顧客獲得の強引さが会社で問題になり、私を信頼して金を預けていた投資家からもそっぽを向かれた。闇の世界に繋《つな》がっている危ない客もいて、その男が捕まった時には、私も警察の事情聴取を受けた。

ほとほと嫌になった私は会社を辞めた。近づいてきたのは実業家の顔をしたヤクザだった。顧問になって株の指南をしてほしいと言われたが、私は丁重にお断りし、友人の会社に勤めた。あの経済ヤクザの誘いに乗っていたら、バブルが弾けた後、私は獄中の人になっているか、行方知れずのまま消えていたかもしれない。

二度目の妻、景子とは社内恋愛で結ばれた。私は過去を隠さず、景子に話した。下町生まれのチャキチャキした彼女は、過去は過去だと割り切ってくれた。

そして、敦子が誕生し、私のことを〝ドラえもん〟と呼ぶ孫が可愛くてしかたのない、静かな暮らしをしている。

時々、ふとヤンチャだった頃の自分を思い出し、随分、世の中に飼い慣らされたものだと、自分を笑うこともある。しかし、今更、欲望の虜《とりこ》になる力もないし、振り返ってみると、なかなか面白い人生だったと納得している。

週が明けた。三寒四温の喩《たと》え通り、その日は曇り空で、風の強い寒い日だった。

マンションの見回りを終えて受付に戻ろうとした時、田辺さんの親子と一階の廊下で擦《す》れちがった。

「こんにちは」娘の真美《まみ》ちゃんが先に挨拶をしてきた。

「お帰りなさい」私が応えた。

田辺さん夫婦は四階に住んでいる。夫は父親の営んでいる食品会社の専務だそうだ。奥さんは専業主婦で、真美ちゃんは四月から中学二年生になるという。

田辺さんだけではなく、奥さんの方も育ちの良さそうな人である。娘の年齢から考えると三十代後半だろうが、落ち着きがあり、くりっとした目にほんのりとした色香を感じさせる美人だ。

田辺さん夫婦が、このマンションに引っ越してきたのは去年の暮れだった。彼らの部屋は代々、田辺家が使っていて、以前は田辺さんの伯父が利用していた。利用していたというのは、彼の本宅は河口湖にあり、上京した際にだけ寝泊まりしていたのである。写真家だと聞いていたが、無口な人だったので、よくは知らない。

真美ちゃんは、確か有名なミッション系の中学に通っているはずだ。学校が近いので、引っ越してきたと奥さんが言っていた。

居住者と和んだ雰囲気を作るのも、私たち管理人夫婦の仕事のひとつだ。当然、距離を置いての付き合いだし、住んでいる人の中には話したことのない人間もいるが。

田辺さん親子と挨拶を交わした夜のことだった。

たまたまコンビニに買い物にいって戻ってきた私は、ロビーのソファーを見て、立ち止まった。

大きな毛布を頭から被って横になっている人間がいた。男か女かも分からない。外から入り込んできた者なのか、それとも居住者なのか。病気の場合も考えられる。

ロビーのソファーで寝てしまった人間は、これで三人目である。

最初は、三十代のエステの女経営者。ひとり暮らしで、部屋のオーナーが彼女に貸していた。酔って帰ってきて、自分の部屋と間違えたのだった。よほど疲れていたのだろう、寝息を立てて眠っていた。

私と妻で対応に当たったが、寝ぼけていて、「何で、管理人が私の部屋に入ってきたのよ」と悲鳴を上げられ、往生した。

翌日、女は謝りにきた。その際、景子にエステの無料券を渡した。

「行ってみようかしら」景子が歌うような調子で言った。

「経営者が住人じゃ、気を遣うだけだろうが」

「そうね」

エステの女社長は、一年ほど前に引っ越していった。家賃の滞納があったらしい。

もうひとり、自分の部屋と間違えて寝てしまった人間がいた。

大手文具メーカーに勤めている小此木《おこのぎ》さんという人だ。

小此木さんの場合は問題になった。自分の部屋と間違えたまではいいが、素っ裸になっていたのである。

朝、住人から知らせを受け、ロビーに飛んでいった。

左足を床につけ、右脚はソファーの背もたれに預けていた。つまり、大股を開いている恰好だったのだ。

私はタオルを持ってきて、まず下半身を隠した。それから肩を思い切り、揺すった。

小此木さんはにこやかに微笑みこう言った。「ありがとう。運転手さん」

私をタクシー運転手と間違えているようだった。

何とか起きてもらった。その間にタオルが二度、床に滑り落ちた。

翌日、小此木さんと奥さんが謝りにきた。発見者の女性の住人のところにも、詫びにいったという。

エステの女の時もそうだが日報に記した。その月に開かれた理事会の議題に上ったが、理事長が注意することで落着した……。

今回の人物は、毛布の中でごそごそ動いている。起きているらしい。

「あのう……」私は、毛布を被って寝転がっている人物におずおずと声をかけた。

相手が毛布から顔を出した。

田辺さんのところの真美ちゃんだった。

手にはスマホを握っていた。スマホのストラップに取り付けられている大きなクマが揺れている。

「どうしたの?」

真美ちゃんは口を開かない。

「ママは?」

「私、家出したい」真美ちゃんは唇をきゅっと結んだ。

「もう家出してるじゃないか」

景子がやってきた。ロビーに響く声に気づいたのだろう。

「真美ちゃん、ママと喧嘩したんだね」私が続けた。

真美ちゃんは躰《からだ》を起こした。「もうこの家にはいたくない」

「ママはおうちにいるの？」景子が訊いた。

「知らない」真美ちゃんがそっぽを向いた。

私は妻に目配せした。妻は部屋に戻ろうとした。

「ママに電話しないで」真美ちゃんが鋭い視線で景子の背中を睨みつけた。

「そんなとこにいたら風邪を引いてしまうわよ」ソファーまで戻った景子が言った。

「私が風邪を引いても死んでも、管理人さんに関係ないでしょう？」

利発な子がむくれると始末に悪い。早く母親が気づいてくれないかと私は願った。

真美ちゃんのスマホが光り、音楽が鳴った。私の知らない女の声がロビーに響いた。

メールが入ってきたらしい。真美ちゃんは目にも留まらぬ速さでメールを打ち返した。

「おばさん、ラインやってる？」真美ちゃんが景子に訊いた。

「いいえ。おばさん、スマホも使えないのよ」

「あ、アイスクリームが溶けちゃう」

私はレジ袋に目を落としてから、慌てた振りをして部屋に戻った。そして、田辺さんの部屋の電話を鳴らした。

しかしなかなか出ない。しつこく鳴らし続けたら、やっと繋がった。

「はい」奥さんが少し緊張した声で出た。

「こんな時間にすみません。管理人の桂木ですが、今、お宅のお嬢さんがロビーにいらっしゃって」

「嘘……」奥さんの声に驚きが波打った。「ちょっと待ってください」

受話器から慌てた足音が聞こえてきた。真美ちゃんの部屋を見に行ったのだろう。

「申し訳ありません。私、お風呂に入っていて」

「お母さんがいらっしゃるまで、私と女房でお預かりします。お風呂に入ってらっしゃったんでしたら時間がかかるでしょう。ご心配になるようなことは一切ありませんから」

「できるだけ早く参ります」

「ロビーは寒いので、真美ちゃんがうんと言ったら、私たちの部屋にお連れしておきます」

電話を切った私はロビーに戻った。

景子は真美ちゃんの隣に座って、話し相手をしていた。真美ちゃんからスマホの使い方を教えてもらっているらしい。

景子はちらりと私に目を向けたが、真美ちゃんの話に聞き入っていた。本気なのかどうかはよく分からない。

「画面をスワイプして」真美ちゃんが言った。

「スワイプ?」

「こうするのよ」

真美ちゃんの小さな人差し指がスマホの画面を軽やかに滑った。

「おばさんにもやらせて」

「うん」

景子は画面に指を走らせた。

「ふーん、いろんなことができるのね。こんな難しい機械を使いこなせるなんてすごいね」

「真美ちゃん、うちでジュースでも飲まない？」私が口をはさんだ。

真美ちゃんが首を横に振った。「知らない人のおうちには行っちゃいけないって、ママに言われてるの」

私は噴き出しそうになった。「おじさんのこと知ってるじゃないか」

「でも……」

「さっきの写真、おじさんにも見せてあげて」

「ここに座ってください」そう言ってから真美ちゃんはスマホを操作し始めた。

私はソファーに浅く腰を下ろした。真美ちゃんが真ん中である。

真美ちゃんが私に見せたのはオーロラの写真だった。

「綺麗でしょう。私、空や宇宙に興味あるの」

「それはまたすごいな。で、この写真はネットから取ったの？」

「ラインで友だちの友だちの男の子と繋がって、その人が送ってくれたの」

「真美ちゃんのボーイフレンド？」

真美ちゃんがきっとした目で私を睨んだ。「私にボーイフレンドなんかいません」

「ごめん、ごめん、変なこと訊いちゃったな」私は笑って誤魔化《ごまか》した。

真美ちゃんがまたスマホをいじった。そして、私の目の前にスマホを向けた。これが見えぬか、と言わんばかりの勢い。私は『水戸黄門』のラストシーンを思い出した。

画面に現れたのは、男の子の写真だった。

髪がやや長めの細面《ほそおもて》。整った顔立ちだが、線が細い。優等生のニオイがする。

「オーロラを撮った人です」真美ちゃんが言った。

「お友だちはいくつ？」

「私のひとつ上です。小学校の頃、ドイツに住んでいて、フィンランドでオーロラを見て、好きになったって言ってました」

廊下に足音がした。真美ちゃんがスマホをカーディガンのポケットに押し込んだ。そして、毛布を胸の辺りまで上げた。

母親がやってきた。首にマフラーを巻き、髪を無造作に後ろで結わえていた。化粧はほとんどしていなかった。眼鏡をかけた彼女を見たのは初めてだった。

「ママ、真美が部屋にいるとばかり思ってた。ごめんね、遅くなって」

「私、絶対に……」真美ちゃんが挑むような視線で母親を見た。

「ともかく、おうちに戻りましょう」

「パパは？」

「今夜も遅いんじゃないかしら」

玄関前にタクシーが停まるのが見えた。降りてきたのは、裸になったことが問題になった小此木さんだった。

「お帰りなさいませ」景子が声をかけた。

小此木さんの目に、何をしてるのだろうかという好奇の色が浮かんだが、「どうも」と頭を下げ、オートロックのドアを開け、去っていった。

「あの人、前にここで裸で寝てた人ね」真美ちゃんがくくっと笑った。

「真美、帰りましょう」

真美ちゃんが私に目を向けた。「このマンションの屋上には上がれないんですか？」

「住人の方は上がれない」

「なぜ？」

「設備があるから。それに危ないし」

「真美、管理人さんのお仕事時間はもうとっくに終わってるのよ。行きましょう」

真美ちゃんはしぶしぶ立ち上がった。そして「すみませんでした」と頭を下げた。

私と景子もソファーを離れた。

真美ちゃんの母親は、私たちにくどいほど謝り、真美ちゃんの手を引いてエレベーターに向かった。

私たちは部屋に戻った。コンビニで買った缶ビールの表面には滴が垂れていた。プルトップを引いた。きゅっと冷えた喉ごしを味わうことはできなかったが我慢するしかなかった。

景子はワインが好きである。と言っても値の張るものではなく、ワンカップのワインを愛飲している。

「オーロラ少年のことで喧嘩したのね、きっと」景子が言った。

「携帯やスマホは、子供の生活を変えたな」

「私たちの若い頃は、好きな人に連絡したい時は公衆電話を使ってたのにね」

「駅の公衆電話に行列ができてて、苛々《いらいら》したな」

「高校の時に付き合ってた男の子、喫茶店のウェートレスに頼んで電話してきてた」

「俺もその手は使った。俺がかけたら、〝お前誰だ！　娘に何の用だ〟って怒鳴られたことがあったよ」

「不便も愉《たの》しかったわね」景子がしみじみとした調子でつぶやいた。

私は黙ってうなずいた。「太志はいつ頃、携帯を欲しがるかな」

「あなた、敦子に内緒で買ってやったりしたら駄目よ」

「そんな出しゃばった真似はしないよ」

「そう？」景子が目の端で私を見た。「敦子に早くにポケベルを持たせたのはあなたよ」

「そうだったっけな」私は惚《とぼ》けた。「でも、敦子は俺の娘だけど、太志は敦子たちの子供だ。口だしはしないよ。しかし、何だなあ、敦子、太志に厳しすぎる。和彦君は尻に敷かれっぱなしだしな」

「私もあなたに言いたいこと一杯あったけど、言えなかった。古い世代って損ね」

「言いたいことなら俺だって……」

私と景子の雰囲気が少しだけ悪くなった。

それを止めてくれたのは電話だった。

「今度はまた何だ？」私はそうつぶやきながら受話器を持ち上げた。

真美ちゃんの母親からだった。

「ご迷惑をかけた上に図々しいお願いなんですが、今から、ほんの少しでいいですから時間をいただけないでしょうか」

「真美ちゃんのことですね」

「ええ」

「じゃ、ロビーでお待ちしています」

私と景子は一緒に部屋を出た。ほどなく真美ちゃんのお母さんがやってきた。先ほどよりも身なりを整えていた。

私も景子も、真美ちゃんのお母さんの言葉を待った。

「おふたりのおかげで落ち着きました。ありがとうございます」

「しっかりしたお子さんですね」景子が心のこもった調子で言った。「家出と言っても、怖くて外にはいけなかった。毛布を持ってきて、ここで寝ようとするなんて、可愛いじゃないですか？」

「私の監督不行届きなんです」目を伏せた真美ちゃんのお母さんは、しばし口を開かなかった。

何か言いかけた景子を私が目で制した。

「あの子、どんなことをおふたりに話したんでしょうか？」

「大した話はしてません」景子が答えた。「私、真美ちゃんからスマホの使い方を教わりました」

「私と夫で相談して、ラインで、知らない人とやりとりするのを禁止したんです」

「ラインってどんなものなのかよく分かりませんが、別段、危険なものじゃないんでしょう？」私が訊いた。

「私と真美もラインで連絡を取りあってます。ですから使い方次第なんですけど、友だちの友だちと繋がっていくと、ゲームに夢中になることもありますし。子供が自制心を失うと手が付けられない場合もありますから」

「具体的に何か問題が起こったんでしょうか？」私が続けた。

「少年の写真、見せられませんでした？」

私に躊躇《ためら》いが生じた。いくら未成年者のこととは言え、何でもかんでも話すのは嫌だった。

「奥さん、真美ちゃんは心配のいらないお子さんだと思いますが」

「オーロラの好きな少年の話はしてましたよ」そう言ったのは景子だった。「写真で見ただけですから何とも言えないですけど、少なくとも不良少年のような感じでは……」

真美ちゃんのお母さんがうなずいた。「私もそう思います」

「立ち入った質問になりますが、ご主人が反対してるんですね」

「私が、主人に話さなかったらよかったんです」

真美ちゃんのお母さんはそこまで言ってまた口を噤《つぐ》んだ。しかし、それはほんの一瞬のことで、今度はがらりと調子を変え、頰をゆるめた。「ラインの使いすぎには、私も反対なんですけど、あの男の子との交信は続けさせることにします。主人には内緒で。話を聞いてくださってありがとうございました。気持ちがすっきりしました」

「あのう、さっき真美ちゃんが言ってたことですが……」私が言った。

「真美が言ってたこと？」

怪訝《けげん》な顔をしたのは真美ちゃんのお母さんだけではなかった。景子も同じ表情で私を見た。

「屋上の件です。父兄の方が付き添ってくださったら、内緒でお連れしてもいいですよ」

「ご親切にどうも」真美ちゃんのお母さんは戸惑っているようだった。

「屋上からの夜景、とても綺麗ですから。真美ちゃん、きっと喜ぶと思います」

「ちょっと考えさせてくれませんか？」

「どうぞ。私としてはどちらでもかまわないんですから」

真美ちゃんの母親が去ってゆくと、私たちは部屋に戻り、また飲み始めた。

「あの奥さん、すごく感じがいいわね。美人だけど、鼻にかけるところがちっともないし、引っ越していった佐々木さんの奥さんとは大違い」

「敦子だって負けちゃいないよ」

「あの子、私似だから」

「そうかな」私は思い切り、首を傾げてみせた。


管理人の日課が、つまらないほど同じであることがマンションが正常に機能している証《あかし》である。

宅配便を預かり、定期見回りをやり、ゴミの整理をし、住人たちと立ち話をする。日報には細かく設備の不備な点などを記しているが、異常なしと書くことの方が圧倒的に多い。

夕食を摂《と》った後、ロビーで理事会が開かれた。議題の中心は外壁の傷みだった。補修には金がかかるし、住人の生活にある程度の影響をあたえる。意見を交わし合った後、もうしばらく様子を見ることになった。

大手銀行の副頭取にまで上り詰め、現在は悠々自適の暮らしをしている藤村さんから、或る提案がなされた。最近引っ越してきたジェームス・ベリーさんがオルガンを演奏する。教会音楽だから、エレキギターのようにうるさいわけではないが、楽器を弾く時間に制限を設けた方がいいというのだ。

藤村さんもジェームスさんも最上階に住んでいて、部屋は隣同士なのだ。

「夜遅く、教会音楽が聞こえてくると、何だか……」そこで藤村さんは天井を見上げた。

「葬式が近づいてる気分になるんですよ」

理事長の岡村さんが、目尻をゆるめ、藤村さんを見た。理事長は版画家で、しかもクリスチャンだという話だ。

元銀行家は版画家を不愉快そうな目で見返した。

版画家は、柔らかい笑みでもって、藤村さんの鋭い視線を受け止め、こう言った。

「楽器の演奏は、午前九時から午後九時までにしたらどうですか？」

「午後八時までにしてほしいですな。私、早寝なんで」

「八時はちょっと早すぎる気がしますがね」

他の理事も版画家の意見に賛同した。

翌日の朝、アメリカの化学会社に勤めているというジェームスさんに、その旨を伝えた。ジェームスさんは日本語がほとんど話せない。証券会社に勤めたことのある私は、若い頃は或る程度英語が話せたが、付け焼き刃で覚えた外国語などほとんど忘れてしまった。しかし、何とか通じた。

その日のうちに、新しく理事会で決まったことをパソコンに打ち込み、印刷したものを掲示板に貼った。自信はなかったが、英語でも書いておいた。

翌々日、田辺さんの奥さんが、レジ袋を両手に提《さ》げ、マンションに戻ってきた。ショルダーバッグを肩にかけていた。

「あのう、屋上の件ですけど、よろしくお願いします」

「いつにします？」

「管理人さんのご都合のいい時で」

「ご主人には？」

「話してあります」田辺さんの奥さんが照れくさそうに笑った。「躊躇ってたのは、私が高所恐怖症だからなんです」

「だったら屋上に出る手前で待っていてくださってもいいですが」

「いいえ。私も上ります」

「じゃ今夜、お連れします」

午後八時に私が田辺さん宅を訪ねることにした。私は念のためにヘルメットを用意するように頼んだ。

田辺さんの奥さんがエレベーターに乗った十分ほど後のことだった。

落とし物があったと届出があった。届けてくれたのは小此木さんの息子である。

エレベーターの中に落ちていたという。

景子が受け取った。ふたつ折りの、薄くて赤い財布だった。

景子が開いた。私は財布を覗き込んだ。

現金もクレジットカードも入っていなかった。保険証が顔を覗かせている。他には診察券らしきものが差し込まれていた。

景子が保険証を引きだした。

「田辺さんの奥さんのものよ」

そう言えば、ショルダーバッグの外ポケットにも物がたくさん詰まっていて、赤い財布のようなものが差し込まれていたのを思い出した。

私は見るともなしに保険証を見た。

田辺邦子　生年月日　昭和52年7月8日

私は、呆然として保険証から目を離した。

「どうかしたの？」景子が私の顔を覗き込んだ。

「ちょっと目眩《めまい》がして」嘘がぽんと口をついて出たことにほっとした。

「定期健診じゃ何もなかったのに」

「ちょっと疲れただけだよ」

他の住人から誤配があったと一通の葉書を渡された。

「財布、田辺さんとこに届けてあげて」

私は景子に言い、誤配を預かり、メールボックスに向かった。

衝撃は収まりそうになかった。

別れた妻との間に生まれた娘の名前は邦子。しかも生年月日が田辺さんの奥さんと一緒だったのだ。

偶然の一致ということはありえる。邦子なんてよくある名前だし、昭和五十二年の七月八日に生まれた女の子だって日本中に何人もいる。

しかし、そのことが頭から離れないまま夜を迎えた。

景子は私の目眩のことを心配し続けた。

私は一度医者に診てもらうと言った。

「変ね」

「何が？」

「医者嫌いのあなたらしくないと思って」

「俺も歳だから」

私は目尻をゆるめて見せたが、ぎこちない笑みだったに違いない。

約束の時間に田辺さんのところのチャイムを鳴らした。田辺親子はヘルメットをすでに被っていた。

田辺さんの奥さんが、落とし物を届けてくれた礼を言った。

私はまともに田辺さんの奥さんの顔を見ることができなかった。

まず最上階までエレベーターで行き、階段で屋上の一番高いところに設置されている機械室に向かった。そして、ドアのロックを外し、機械室に田辺親子を通した。

エレベーターの巻き上げ機をすぎると、またドアがあり、そこから広い屋上に出られるが、急な階段を下りる必要がある。

「真美ちゃん、他の住人の人たちに迷惑にならないように、屋上に出たら大声を出さないでね」

ドアを開けた。そこからでも夜景は愉しめた。

ふたりを先導して、急な階段を下り、広い屋上に出た。田辺さんの顔が青ざめていた。本当に高いところが苦手らしい。

屋上には大きな室外機が二機、置かれている。手摺《てす》りはない。

「真美、屋上の端に行っちゃ絶対に駄目よ」田辺さんの声がかすかに震えていた。

田辺さんと目が合った。緊張の入り交じった目に柔らかい笑みが射した。

別れた妻に似ているところがあるだろうか。分からない。

「お嬢さんのことは私に任せてください。真美ちゃん、おじさんから離れないでね」

屋上には風が吹き惑っていた。春の匂いがするものの、芯の部分には冬がまだ居座っている。

高速道路が眼下に見え、車の音が一塊となって聞こえている。

「わあ、すごく綺麗」

真美ちゃんが感嘆の声を上げた。

「真美ちゃん、大声を出さないって約束だったでしょう?」私が優しく注意した。

真美ちゃんが屋上の端に近づこうとした。私は、彼女の腕を握った。

オレンジ色に輝く東京タワーが望めた。

かすかにオルガンの音が聞こえた。ジェームスさんが弾いているらしい。

「私、東京タワーの双眼鏡で、このマンションを見たことある」真美ちゃんが言った。

「よく見えた?」

「うん」

「この子、私とは違って、高いところに上るのが好きなんです」田辺さんが真美ちゃんの肩に手をかけ、そう言った。

「将来は、えらい人になるかもしれないですね」

真美ちゃんのお母さんは小さく笑った。

「私、桂木さんのお嬢さんとご主人、それにお孫さんと話したことあるんですよ」

「そうでしたか」

さらりと答えたが、心臓がことりと鳴った。

太志と玄関前で遊んでいた敦子夫婦が、帰ってきた田辺さんに挨拶をしたそうだ。それがきっかけで少しおしゃべりをしたという。

「私が言うのも何ですが、お嬢さんもいい方だし、お孫さんも潑剌としていて。それにご主人も優しそうな方で」

「私が孫に甘いもんですから、娘にいつも怒られてます。娘は子供に厳しくてね」

「ママも私に厳しい」真美ちゃんがぴしゃりとドアを閉めるようなきつい調子で言い、屋上の反対側に歩き出した。

私と田辺さんは、真美ちゃんの後についていった。

六本木ヒルズの窓明かりは不揃いで、パネルのように見えた。

高層ビルの間に暗い空が拡がっている。

私は、自分の抱いた疑念を晴らしたかった。しかし、住人のプライバシーに踏み込むのは憚《はばか》られた。それに、もしも上手に聞き出せ、実の娘だと分かったら、どうすればいいのだ。

「お嬢さんのご主人、東北の方ですか？」真美ちゃんのお母さんに訊かれた。

「山形です」

「山形ですか？」

「奥さんもそうなんですか？」つい声に力が入ってしまった。

「いいえ。私は東京生まれです。育ったのは横浜ですけど。主人の家の先祖が山形の豪商だったんです。今でも、向こうに親戚が暮らしてます」

田辺家のことなどどうでもよかった。別れた妻、絹恵は練馬の出身だった。横浜に縁はなかったはずだが。絹恵という名前を口にしたい衝動に駆られたが我慢した。

「奥さんのご両親はご健在なんですか？」さらりとした調子で訊いてみた。

「母は三年前に膵臓癌で亡くなりました」

絹恵は私と同じ歳だから六十六。生きている可能性の方が遥かに高い。しかし、早すぎる死を迎えたのかもしれない。絹恵のところは早死にの家系だったか？　まるで覚えていない。

「父は元気ですけど」田辺さんが続けた。

ほっとした。父親の顔は知らないと言われたら、目の前が真っ暗になっていただろう。

オルガンの演奏は続いている。かすかな音だが、暗い夜空を駆け上るような気持ちのいい音色だった。

「フィンランドってどっちの方角なの？」真美ちゃんに訊かれた。

オルガンの音が、暗い夜空にオーロラが見えてもおかしくない雰囲気を作っていた。

「日本海があっちの方だから、ずっと行くとロシア……。そのまま進むと多分……。でも、おじさんにはよく分からないよ」

真美ちゃんのパンツの中からかすかに音楽が聞こえてきた。

真美ちゃんがスマホを取りだした。メッセージが入ってきたらしい。いかにも寂しげな顔で画面を見つめていた真美ちゃんだったが、返信せずにスマホを仕舞った。

真美ちゃんはまた夜空に視線を戻した。息が荒い。

「真美」

母親が真美ちゃんの顔を覗き込んだ瞬間、彼女がわっと泣き出し、階段に向かって走り出した。

私は慌てて追いかけ、彼女の前に立つと、跪《ひざまず》いた。

「もういいよね」

真美ちゃんは泣いているだけで返事はしなかった。

急な階段を上る。私はまず真美ちゃんに付き添い、それから足をすくませて、おっかなびっくりで上ろうとしている母親を助けた。

四階で田辺さん親子と別れた。

田辺さんは苦笑いを浮かべながら、私に礼を言った。

「お休み、真美ちゃん」

「お休みなさい」真美ちゃんが目を伏せたまま力なく応えた。

部屋に戻った私は冷蔵庫から缶ビールを取り出した。

「真美ちゃん、喜んでた？」風呂上がりの景子はすでにワインを飲んでいた。

私は事の次第を話した。

「きっと、真美ちゃん、オーロラ少年に振られたのね」

「おそらくな」

田辺さんが敦子と太志に会っていることを伝えた。

「何かそんなことを敦子が言ってたわ」

「なーんだ、お前知ってたのか」

寝床に入った私を再び疑念が襲った。

別れた妻が再婚していたら……。

田辺さんの話していた父親が再婚相手のことだという可能性は大いにある。

管理人に、生まれ育ちを詳しく話すはずはない。

私はなかなか寝付けずに、居間に行き、ビールを飲み続けた。


翌日、最上階に住んでいる藤村さんの奥さんが受付にやってきた。

「ちょっとお知らせしておきたいことがありまして」

「何でしょう」

「昨夜の八時すぎ頃、屋上から女の子の泣き声が聞こえたような気がするんです」

「まさか」私は笑って誤魔化した。

「でも確かに女の子の……」

「屋上に通じるドアはロックされてます。しかもドアは二箇所にあるんですよ。女の子がロックを外すのは、いくら何でも無理じゃないですか？」

オートロックのドアが内側から開いた。ご主人の藤村さんだった。

「お前、ゆうべの……」

「そうよ。一応、お知らせしておかないといけないでしょう」

いつもふんぞり返っている藤村さんが、小さくなった。

「申し訳ない。空耳だと何度言っても聞かなくて。管理人さんに、くだらないことで時間を取らせるな。戻るよ」

しかし、奥さんは聞く耳を持たなかった。

「このマンションで身投げがあったことはなかったでしょうか」

「咲子」藤村さんが怒った。

「このマンション、かなり古いですよね。ですから、私ではお答えしかねます。でも、そういう話は聞いたことはありません」

「咲子、死んだ娘の……」

そこまで言って、藤村さんははっとして口を噤んだ。そして、威厳を取り繕い、奥さんの肩を抱いて、部屋に戻っていった。

黙って聞いていた景子が淡々とした調子でこう言った。「ちょっと罪作りなことをしてしまったみたいね」

「そうだな」

小一時間も経たないうちに藤村さんがひとりでやってきた。そして、周りに視線を配りながら言った。

「日報をきちんとつけてますよね」

「もちろん。どんなに小さなことでも報告しています」

「さっきの妻の話だがね、書かないでほしいんですが」

私は柔和に微笑み、うなずいた。「今の話は記録しません。安心してください」

「気づかれたかと思いますが、娘が亡くなってから、家内は神経をちょっと……」

私は藤村さんを見て、何度もうなずいた。

藤村さんの大きな両手がいきなり、カウンターを越え、無理やり私の右手を握った。

「ありがとう。ありがとう。恩に着るよ」

私は本当のことを教えたくなった。「藤村さん……」

「忘れてください」

藤村さんは私の言葉など聞いていなかった。握った私の手を何度も上下に振って、頭を下げると戻っていった。


マンションの桜が三分咲きになった日曜日、敦子が太志と夫を連れて遊びにきた。

私は新しい玩具のピストルを用意して待っていた。敦子が嫌な顔をしたが気にしなかった。

表で太志と遊んだ。敦子に強く注意されたので、木には登らせなかった。

マンションの居住者の中には、「お孫さんですか?」と声をかけてくる人もいた。

田辺さん親子がマンションに戻ってきた。真美ちゃんはすっかり笑顔を取り戻していた。

「バン、バン」

太志が真美ちゃんを撃った。

真美ちゃんが目を吊り上げ、太志を睨みつけた。

「太志、止めなさい」私が注意した。

「ドラえもん、手を上げろ」

私は大きく両腕を上げた。

田辺さんの奥さんが笑い出した。

私は田辺さんの奥さんを見つめ、微笑み返した。

田辺さんの奥さんが私の実の子かどうか、この先も気になるに違いない。しかし、調べる気はさらさらなかった。

「あなた」景子が私のところに飛んできた。「堺さんところのトイレが詰まってしまったんですって」

「すぐに行く」私は田辺親子に頭を下げ、太志を景子に任せて、マンション内に急いだ。

日曜日でも、管理人はおちおち休んではいられない。

「ドラえもん、逃げるのか」

太志の声を春の風がさらっていった。

不穏な春と穏やかな春が、これからも、私の胸を通りすぎていくことになるだろう。

エレベーターに乗った私は、天井を見上げ、ふうと大きく息を吐いた。
しかし、エレベーターのドアが開くと同時に、私は、いつも通りの管理人の顔となり、
堺さんのインターホンのボタンを押した。

消えた女

バカンスと言えば、必ず外国に行かないと気がすまない人たちがいる。休日にはスポーツに勤《いそ》しまないと落ち着かず、家にじっとしていられない人も稀《まれ》ではない。

しかし、私はまるで違う。物心ついた時から、原っぱでみんなで遊ぶのが苦手だったし、集会と名のつくものは、立派な主張をもったものであろうがなかろうが避けてきたし、ただの忘年会も出席するのが億劫だった。

しかし、生きている限り、外部と接触しないですませることはできない。外出や人との接触は、否応なく向こうからやってくる。このことに気づいたのは、ずっとずっと昔のことで、おそらく、幼稚園に入った頃にはもう分かっていた。

だから、却って、社交的に振る舞うようになった。誘われればどこにでも出かけていったし、小学生の時も中学に上がってからも、おたふく風邪と麻疹に罹《かか》った時以外は休んでいないはずである。盲腸は？　いまだに私の愛おしい臓器のひとつとして体内に残っている。大学を卒業すると、父の経営する編集プロダクションに勤めた。大手週刊誌の下請けが柱になっている会社で、あさま山荘事件の時は、記者として現地に入った。

こんな私を、当然、周りの人たちはアクティブな人間だと見なした。私の擬態に気づく人はほとんどいなかった。

学生時代の友人のひとりに、会社を辞め、山奥に引っ込んだ者がいた。一度彼から手紙をもらった。漂泊の俳人のことが長々と綴《つづ》られ、自分も世捨て人だと書いてあった。その雁《かり》の文《ふみ》からにおい立ってきたのは、社会に対する未練と、処理できずに持てあましている生々しさだった。

自分の存在を消して生きるのにもっとも相応《ふさわ》しい場所は都会である。

私は先月、六十七歳になった。その間に、十九回、引っ越しをしている。原因は父にあった。

父が編集プロダクションを営んでいたのは本当の話だが、景気がよくなると、すぐに他の業種に手を出し、借金を作った挙げ句に倒産ということを繰り返していた。

家族は幾度となく夜逃げを強いられた。母は愚痴ひとつこぼさず、父に従った。父の無軌道振りに抗《あらが》うよりも、心を空っぽにして、風が吹き止むのを待つのが最善の策だと決めたらしい。いや、決めた、というのは正確ではない。生きる術《すべ》として、自然に夫の嵐をやりすごす方法を覚えたようだ。

借金まみれになっても父は、事業から遠ざかることはなく、モデル事務所、広告代理店、不動産屋、株屋、飲食業、翻訳代行業など、私が覚えきれないほどの会社を立ち上げては潰した。儲かるとマンションを買い、自宅から東京タワーや浜離宮が見えることを自慢し、ひとり悦に入っていた。だが、会社が破綻《はたん》すると、借景は東京タワーや浜離宮から、隣のアパートの住人が乾した下着に代わった。

広いマンションで毛足の長い絨毯《じゅうたん》の上を歩くことに不快感を催したことは一度もない。しかし、日の当たらない、畳がささくれ立っているアパートの一室での暮らしの方が私に安心感をあたえた。

私には八歳歳下の妹がいた。妹は父をひどく嫌っていた。母のこともあまり好きではなかったらしい。妹は私に懐《なつ》いていて、将来はふたりだけで暮らしたいと言ったこともあった。私は妹が可愛かったし、不憫《ふびん》にも感じていたから、彼女が小学校の頃までは父親代わりだと思って、できるだけ一緒にいてやった。しかし、中学に上がっても、私と添い寝したり、お風呂にまで一緒に入りたがった。テレビでキスシーンを視た後は、私にキスを求めてきたこともある。自分の胸に私の手をそっと運んだことすらあった。

次第に鬱陶しくなった私は、妹を避けるようになった。

妹が、行方知れずになったのは、私が二十二歳になった一九六九年の秋のことである。妹は十四歳、中学二年生だった。

その日は日曜日で、私は付き合っていた女とデートすることになっていた。

新宿中央公園で女と手を繋《つな》いで歩いていた時だった。突然私たちの前に妹が現れた。妹はひとりで電車に乗って私の跡を尾《つ》けてきたらしい。

私は目を瞬かせ妹を見た。妹は笑っていた。妹の二本の前歯の間に隙間がある。その日は妙にその隙間が気になった。

握っていた女の手を静かに解いたのは、その歯を見た瞬間だった。

「ここで何してるんだ」私は強い口調で言った。

「お兄ちゃんを探しにきたの。ひとりで電車に乗って」

嘘をつくな、と怒鳴りそうになったが、すんでのところで言葉を呑み込んだ。

女が怪訝《けげん》な顔で私を見ていた。私は、妹だと教えた。すると女はにわかに表情を和らげ、腰を屈め、妹に名前を訊いたり、お兄ちゃんにご用なの？　とか愛想を振りまいた。

「綺麗な人だね、お兄ちゃん」妹はそう言い残して、噴水広場から去っていった。

私は呼び止めたが、妹は振り向きもしなかった。私は妹に腹を立てていた。きちんと話さなければならない時がきたと思った。

「妹さん、私に焼き餅焼いてるみたいね」

「まさか」

「女の子はマセてるから」

私は妹の話はそれ以上したくなかった。妹がひとりで帰宅できるかどうかということも頭になかった。

妹を見たのは、それが最後だった。

誘拐、事故……。母はおろおろするばかりで話にならなかった。

「あいつは戻ってくる。これまでもよくひとりでどこかに行ってたじゃないか。お前がちゃんと注意してれば、こんなことには」父も混乱し、母に怒りをぶつけた。

営利誘拐の可能性もあった。というのは、その時、父の仕事は編集プロダクションだけではなく、四谷三丁目と高田馬場に、生ジュースを売りにした喫茶店を経営していて、大層羽振りがよかった。住まいは井の頭公園の見えるマンションだった。

しかし、誘拐犯からの電話はなかった。警察は、妹の足取りを捜査し、公園の植え込みなども調べたようだ。しかし、成果は上がらず、公開捜査に踏み切ることになった。

父も母も妹の写真を探すのに一苦労した。家族写真などほとんど撮ったことのない家だったのだ。それでも二枚ばかり見つかった。そのうちの一枚を父が警察に渡した。

テレビのニュースに妹の笑顔が映し出された。笑っているので、〝すきっ歯〟が目立った。

同じ写真がポスターになり交番に貼られ、ビラも配られた。

当然、妹が行方不明になった日時と場所と共に妹の特徴も公開された。

身長約一四〇cm　痩せ型　丸味のある顔。黒髪。肩ぐらいまでの長さ。左の首の付け根辺りに大きな黒子《ほくろ》。
チェックのスカート。緑色のセーター、黒いカーディガン。茶色の平べったい革靴。

チェックのスカートという言い方は大ざっぱすぎた。妹は、当時流行《はや》っていた伊勢丹チェックのスカートを穿《は》いていた。緑色のセーターではあるが、さらに正確に言うと、エメラルドグリーンのタートルネックのセーターである。

女にかまけていないで、家まで送ってやるべきだった。父は私をなじった。私はうなだれているしかなかった。

目撃証言が寄せられた。

三十代と思える痩せた男が、妹らしき少女に声をかけているのを見たという者が現れた。その男は度の強い黒縁眼鏡をかけていたという。公園を出て新宿駅の西口に向かって歩く青年と少女を見たという証言もあった。その青年も黒縁眼鏡をかけていた。

しかし、そのような証言が得られたにも拘わらず、犯人は割り出せなかった。

この事件は、公園で私とデートしていた女の心にも深い傷を残した。生真面目な性格だった彼女は、自分を責め、不眠症に陥った。

話を聞いてやれるのは私しかいなかった。結局、私は彼女と結婚した。

面白みはないが穏やかな夫婦生活が続いた。しかし、八年後にあっけなく終焉を迎えた。妻は交通事故で死んでしまったのだ。子供はいない。体質的に妊娠しにくかったらしいが、私も妻もなぜか、子作りには積極的ではなかった。

以来、私は独身である。

現在私は、東京の郊外、武蔵野台地の端っこにある街の一軒家で暮らしている。

浮き沈みの激しい人生を送った父が死んだのは六年前。母はその前に、あっさりとあの世にいってしまった。

父が死んだ時、私はどれだけ借金があるか気がかりだった。場合によっては相続放棄をするつもりでいた。

ところが、運がいいことに、母が死んでからの父はすっかりおとなしくなって、家と土地だけではなく、それなりの財産を残して死んでくれた。最後は不動産の仕事に戻り、私はその跡継ぎだった。

父が落ち目の時に死んでいたら、私が幼い頃から望んでいた、静かな暮らしは夢のまた夢だったに違いない。

しかし、そうなったらそうなったで何とかしただろう。

貧乏にも贅沢にも慣れているし、羨望と蔑《さげす》みの両方を味わってきたから、どんな環境にでも対応できる自信があった。

とは言え、外部から静かに消えてゆくのが理想だった私にとって、郊外の一軒家は、父からの何よりのプレゼントだった。

跡を継いだ小さな不動産屋は、それなりに利益を上げていたが、三年前にあっさりと同業者に譲った。

他人という鏡を通して七変化できる私だから、相手にとってはとても心地よい人物だったはずだ。そのおかげで仕事もうまくいき、友だちもたくさんできた。しかし、郊外に引っ込んでからは、誘われても適当な理由を作って断った。そのうちに連絡を寄越《よこ》す人間はほとんどいなくなった。

快適な生活。だが、ひとつ足りないことがあるのに気づいた。

人と交流することで、ひとりになった時に味わえた孤独のありがたみが薄れたことだ。確かな自分なんてどこにも存在していない。が、他人と接した後の孤独には、何かあるような錯覚を私にもたらした。それが幻想だということを、人に会わなくなってから思い知らされた。


年末商戦がたけなわで、冷たい風がビルの谷間を吹き抜ける或る日、私は池袋にいた。家からほとんど出ない私の暮らしは、そよとも波を立てない湖面のように静かだった。控え目に季節が巡っていることを教えてくれる庭の草花を愛《め》でる。時々やってくる野鳥に餌《えさ》をやる。読書に飽きるとテレビを視、音楽を聴くともなしに聴く。寝る前はYouTubeで、子供の頃に夢中になった外国テレビ映画を視るのが習慣になっている。

そんな生活が乱れた。

或る女が私の前から消えたのが原因である。

外部が向こうからやってきて、私を外に連れ出すことになったのだ。このことからは一生逃れられないのかもしれない。ならば素直に受ける。それが私の生き方である。

女が消えたと言ったが、消えるには、まず現れなければならない。

外出をほとんどしない私ではあるけれど、買い物には出かける。近くの公園に立ち寄ることもあった。

その女は近くのコンビニで働いていた。歳は四十二だと言っていた。

私はヘビースモーカーで強い煙草を吸う。高校の時から半世紀にわたって吸っているのはハイライトで、カートンで買うようにしている。

「あの世にまっしぐらですね」

或る時、その女が、ハイライトを私に渡しながら、にこやかに微笑んだ。踏み込んだ一言だが、無表情でレジを打っている店員よりもずっと好感が持てた。

「それも悪くないって思ってますよ」

そう答えた私に女は薄く微笑んだが、それ以上何も言わなかった。

買い物をする度、女と短い会話を交わすようになった。或る時、近くの公園でばったりと出会った。コスモスが咲き誇っている季節だった。

女は、私の家からすぐのところのアパートに住んでいた。

「ほら、あそこに二階建ての木造モルタルのアパートがあるでしょう？　あの右端が私の部屋」

「私の家は……あそこ。屋根が少しだけ見えるでしょう」

「どこ？」

「杉の木の向こう」

「ああ、あそこね」

それがきっかけで、私と女の付き合いが始まった。と言っても、彼女が我が家にきたことは一、二度しかない。私が彼女の家に時々、寄って、食事をしたり酒を飲んだりするだけだった。

女は素性を明らかにしなかったし、私も訊く気はなかった。セックスをしたのは知り合って一ヶ月半ほど経ってからだった。

自分にまだ力が残っていることに、自分自身が驚いた。しかし、それで意を強くしたことはまるでない。これからの人生に違う光が射してくるとも考えなかった。さらさらと時がながれてゆく関係に変わりはなかった。

「あなたって優しいね」

女の言い方は、褒《ほ》めているようにはまるで聞こえなかった。

「悪いかい？」

「悪くないけど、できすぎって感じ。人間ってもっと、何て言うか……」

「生々しいものだもんね」

「あなたも生々しいよ。会ってる時はね。でも、あなたが帰ると、あの人、ここにいたのかしらって思うことがある」

「それじゃ幽霊みたいじゃないか」

「そういう感じもしない。だから不思議」

「私にとっては、人と会わずにすむ人生が最高なんだよ」私はさらりと言ってのけた。

「私、いつか消えてあげるわよ」女がからからと笑った。

「君にはいてほしい」

「マジで？」

「うん、マジで」

「何にもしないのに元気で、その元気を持てあましてもいない。そこがあなたの素晴らしいとこね」

「君ほどの理解者に会ったことはないな。やはり、理解されるって気持ちがいいよ」

「よかった、役に立てて」

晩秋があっと言う間に幕を下ろし、師走に入って間もなくのことだった。

女が仕事帰りにやってきた。レジ袋をふたつ右手に下げている。そのひとつからハイライトが顔を覗かせていた。三カートン。いつも私がコンビニで買う量である。もうひとつの袋は異様に膨れていた。うっすらと中身の色が見えた。柿色。まさに女が持ってきたのは柿だったから、当たり前の話だ。

両方とも彼女からのプレゼントだった。

私たちは、熟した柿を半分に分けて食べた。

女は柿が好きだと言った。私もだと答えた。

「生活、改めなきゃ」女がぽつりとつぶやいた。

「改めないといけないことがあるの？」

「大ありよ」女は柿の果肉に前歯をむき出しにして噛みついた。

ふと、今でも行方の分からない妹のことを思い出すことがある。生きていたら、あの〝すきっ歯〟はどうなったのだろうか。

私は心の中で笑った。生きているはずはない。死体はとっくに水の底に沈んでいるか、地中に埋められているだろう。歯なんてとっくに抜け落ちているに決まっている。歯がなければ、隙間も存在しない。

外部のことで、ひとつだけ今でも心に引っかかっているのは妹のことだった。世の中には決着のつかないことは腐るほどある。私は妹のことも、そのうちのひとつだと思っているが、行方不明であるがゆえに、妹の不在が却って生々しいものとして残っている。

「人生って、今からでもやり直せると思う？」女がまた口を開いた。

「できるだろうけど、登った山を一度下りてまた違う山に登るようなものだからしんどい気がするけど」私も柿にかぶりついた。

「山って言うと、誰でも頂上を頭に浮かべる。それがいけないのよ。天辺《てっぺん》なんか見ないで、裾野が気に入った山を見つければいいの」

「なるほど。そんなふうに山を見たことないし、考えたこともなかったな」

「でも、あなたは自分の気に入ったお山の裾野にいるような人よ」

「そうか、そう見えるか」

「そうよ。そういう人よ」

私は柿を食べ続けている女の横顔を見つめた。

時々、このような形で会う相手としては、この女は最高だ。生々しいものから遠く、熱情とも縁がないが、温かい余熱のようなものを意識させてくれる人物なのである。

女は柿を食べ終わり、茶をすすると立ち上がった。

「私、帰る。お休み」

「送っていこう。夜道は危ない」

「すぐそこだから、大丈夫」

女は口許にうっすらと笑みを浮かべ去っていった。

女が持ってきたレジ袋は両方ともキッチンにおいてあった。柿は五個入っていた。ひとりで食べきれる量ではない。冷蔵庫に収めようとした時、袋の底に二つ折になった紙を見つけた。

それは住宅地図のコピーだった。枚数は五枚、いずれも都内のものだった。

ホッチキスで留められていて、番号が振ってあった。そして、地図の端に年代が書かれていた。一九六九年、七六年、八六年、九二年、二〇〇〇年とばらばらである。豊島区、台東区、渋谷区、江東区、墨田区のほんの一部がコピーされていて、赤鉛筆で丸囲いされている箇所があった。

女の筆跡に違いない。彼女の家の台所に大きなカレンダーが貼ってあって、そこに予定が書かれていた。〝休み〟とか〝給料日〟とか〝家賃の支払い〟とか……。

とても丸っこい文字で、老眼の私には見にくい小さなものだった。

住宅地図のコピーの端に書かれた字はまったく同じである。

私は携帯メールで、地図の忘れ物があると女に教えた。女はすぐに返信してきた。

〝取っておいて。今度、会うまで〟。

〝了解〟と打ち返した後、私はまた地図に目を落とした。

先ほど、女は自分の生活を振り返っていた。丸印のついた場所は、女の過去と関係があるのだろう。しかし、深くは考えなかった。これまでも女の人生に踏み込まなかったのだから、これからもそうすべきだと思った。

数日後、コンビニに行った。地図はコートの内ポケットに入っていた。

女の姿はなかった。休みなのか、と他の店員に聞いたら数日前に辞めたという。

さすがの私も驚いた。女のアパートに行ってみた。手書きの表札がなくなっていた。

隣の住人がちょうど戻ってきた。三日前に運送業者の小さなトラックが来て、荷物を運び出し、女はアパートを出ていったという。

〝私、いつか消えてあげるわよ〟

女の言葉を思い出した。あの時は冗談だと思っていたが……。

最後に会った時は、人生を変えたいようなことを口にしていた。

登っていた山を下り、気持ちのいい裾野を見つけるために、新しい山を探しにいったのかもしれない。

　辺りはすっかり夜の色に染まっていた。

　隣の家は、クリスマスシーズンになると、塀や庭木など至る所をイルミネーションで飾り立てる。年々エスカレートし、今年はさらに激しさを増したようだ。

　隣人はよく人を家に呼ぶので賑やかだ。私も誘われたことがあるが、優しく断った。他人の生活に無関心な私は、ちょっとうるさいと思う時でも文句を言ったりはしない。

　家に戻った私は、女が残していった地図を拡げた。老眼鏡をかけ、もう一度地図を仔《し》細《さい》に見た。

　地図は柿の一杯詰まったレジ袋に入っていた。持って帰るのを忘れたのか、それともわざと残していったのか。

　地図はそれからも、居間のテーブルの上に置かれっぱなしになった。

　朝起きると、朝刊を読まないと落ち着かない人間のように、私は地図に目を落とした。女の人生がどんなものであったのか。私は何の興味もない。もう一度会わないと気がすまない、というような思い詰めた気分でもなかった。

　ただ、赤鉛筆で丸印がつけられた場所を見ているうちに、私にそこに行けと地図が語りかけているような気分になった。

　このようにして、女の残した地図が、私に外出を促した。

　電車に乗らなくなって久しい私は、スイカもパスモも持っておらず、戸惑いながら券売機で切符を買った。

一ページ目が六九年の地図。場所は池袋だった。現在の住宅地図と照合するほどのことはないと思い、本屋には寄らなかった。

西口に出てトキワ通りを渡った。六九年の地図とは大きく様変わりしていた。当時は存在していなかった大通りのせいで、自分が地図上のどこにいるのかさえ分からなくなった。

女が赤丸で囲んだところは徳村という家だった。現在は、新しくできた大通りの下である。調べることなどできないのは明らかだった。

新しい道路は、映画館二軒をも呑み込んでいた。

池袋日本館と池袋世界館。

六〇年代の終わり頃、池袋日本館で映画を観た記憶がある。タイトルも内容も覚えていないが、アクションものだった。主演が田宮二郎だったことだけは記憶にあった。ということは大映が製作したものだったのだろう。

その一帯は以前は三業地で、小さなバーなどが犇《ひし》めき合っていた。

赤丸のついた徳村の家は、その歓楽街の端にあった。ひょっとすると住まいを兼ねた飲み屋だったのかもしれない。

女の苗字は徳村ではない。

六九年。妹が行方不明になった年である。

私は池袋と縁がないわけではない。妹が行方不明になる二年前まで、池袋のキャバレーでアルバイトをしていた。線路の反対側、今のサンシャインビルの近くに店はあった。寮も完備していた。

例によって父が借金まみれになって、その時は西船橋に逃げた。学校を辞めたくなかった私は、学校に通いながら働いていたのだ。

不慣れな水商売だったが、どんなタイプの人間とも上手に付き合える、柔らかい粘土のような私だから、苦もなくその世界に馴染んだ。後輩を苛めることが生き甲斐だった古株の黒服にすら可愛がられた。しかし、集団生活にはうんざりしていた。当時はよくボウリングをやった。駅周辺にはいくつもボウリング場があったからで、別段愉《たの》しいとは思わなかった。

妹が私に会いに店にやってきたことが三度もある。おマセで美人の妹を見て同僚が冗談口調で言った。「この子だったら、化粧させれば、今夜からでもここで働ける」

三度目に、私は二度とくるなと妹を叱った。

翌年の春、父が東京に戻ってきた。不死鳥のごとく甦ったのだ。

徳村の家も映画館も呑み込んだ大通りをたらたらと南に下りながら、そんな昔のことを思い出していた。

これでは自分の過去を旅しているみたいではないか。私は心の中で笑って、徳村の家があったと推定される周りをうろついた。成果はなかった。表札と古い地図を照合してみたが、同じ名前の家を見つけ出すことすらできなかった。

池袋駅に戻った私はまた電車に乗った。

女が作ったページに従って行動すると、次の目的地は台東区西浅草。地図は七六年のものである。

山手線に乗り、上野で下り、銀座線に乗り換え、浅草から歩くことにした。

三十分ほどで浅草に到着した。

西浅草に行くのだったら、秋葉原でつくばエクスプレスに乗った方が速い。案内図を見て初めてそのことを知った。

隅田川から吹き惑ってくる風が冷たかった。スカイツリーが目に飛び込んできた。

雷門通りを国際通りに向かって歩き、ロック座のある通りに入った。

外国人の観光客が数名、ガイドブックを片手にぶらぶらしていた。ユニクロの看板が目に入った。浅草六区街とユニクロ。馴染むような馴染まないような不思議な感じがした。

八〇年代に入ってからだったと思うが、父は絨毯を売る仕事をする傍ら、ほんの短い間だったが、この六区街で、怪しげな時計などを売っていたことがあった。カルティエに似た時計は、よく見るとラルティィエと刻まれていた。

「偽物を売ってるわけじゃない。俺はカルティエじゃなくて、ラルティィエを売ってるんだから」

父は堂々とした態度でうそぶき、無精髭《ぶしようひげ》を撫でた。

私にとってはどっちだって同じことだった。お前も手伝え。父に言われたが断った。

フランス座ではもうストリップはやっておらず、演芸場に変わっていた。

ロック座をすぎてから国際通りに出た。西浅草三丁目の交差点を左に曲がった。言問通りは車で混んでいた。

女が赤丸をつけていたのは、通りに面した伴在《ばんざい》製作所というところだった。

私は立ち止まり、地図を拡げた。

背後で急ブレーキの音がした。振り返ると自転車に乗った女が小さく頭を下げ、謝った。背の高い痩せた女だった。歳格好は六十ぐらいに見えた。

昔流行ったアニメ『ポパイ』を思い出した。謝った女が、ポパイの相手役のオリーブという女に似ていたからだ。

ママチャリは私を追い抜き、去っていった。

伴在製作所は今も存在していた。磨《す》りガラスの戸を開けた。

溶接をしている工員が目に入った。至る所に厨房機器が置かれている。ステンレスに照明が当たり鈍く光っていた。

はたと気づいた。次の交差点を左に曲がったところが、かっぱ橋道具街である。

左側のガラス戸の向こうが事務所らしい。

中に入った。くわえ煙草で電卓を叩いていた女が顔を上げ、肩を揉《も》み始めた。

目が合った。先ほど自転車で私にぶつかりそうになった女に違いなかった。

女が煙草を消し、こちらにやってきた。

「さきほどは」私が先に口を開いた。

「うちに用があった方なんですか？」

「ええ、まあ」

私が名乗ると、彼女も名前を口にした。

女は伴在彰子といい、この工場の責任者だという。

「ちょっとだけお時間、いただけますか？　実は……」私は地図を彰子に見せ、事情を説明し、消えた女の使っていた名前を教えた。

「そんな名前、覚えてないわね」

「それじゃ、徳村という人については」

彰子の眉根が険しくなった。「徳村節子のことですか？」

「多分」私は池袋の地図を見せ、丸印の部分を指さした。「この地図を持っていたのは、先ほど名前を教えた女性なんですが」

「どうぞ、お入りください」

事務所の奥に小さな応接室があった。

彰子は茶を淹《い》れてくれた。

陶器でできた昔風の灰皿が、テーブルの上にでんと置かれている。

私の前に座った彰子は煙草に火をつけた。私もハイライトを取りだした。

「懐かしい。私の父が吸ってた煙草です」

「喫煙者が、肩身の狭い思いをする時代になりましたね」

「この辺はまだ喫煙率が高いからいいですけど、まったくねえ」

「で、徳村節子さんという方は……」

「うちで働いてたことのある人です。大人しい女でしたけど、ちょっとした隙に手提げ金庫の中の金を盗んで、そのまま」

履歴書に書かれていた住所まで、当時はまだ元気だった彰子の父親が訪ねていった。しかし、徳村節子という人物は、そのアパートに最初から住んではいなかったという。

「それは七六年頃ですか？」

「はっきりとは思い出せませんけど、多分、その頃だと思います。新聞の募集欄を見て面接にきた人だったはずです。一年も経たない間に、とんずらされたんです」彰子は苦々しい顔をして、茶をすすった。

「徳村節子さんは結婚してたんですかね」

「だと思います。履歴書に、既婚者で娘がふたりいるって書いてありましたから。でも、娘ふたりの歳が十五歳以上離れてたんです。父がびっくりして訊いたら、長女は夫の連れ子だって答えたって話です」

「当時、節子さんっていくつぐらいだったんです？」

「私と干支《えと》が同じでひと回り上でした」彰子が照れくさそうな顔をした。「私の歳がバレちゃいますけど、七六年だと、彼女、三十七ですね。夫が病気で働けず、下の子はまだ三、四歳だったのかな、お祖母ちゃんに預けていると言ってました。よくある作り話だったんでしょうけど、娘がいるのは本当だったかもしれません」

「なぜ、そう思われるんです？」

「浅草の洋品店で、小さな女の子の服を選んでるのを、私、見ましたから」

計算してみると、下の子は現在四十すぎである。私の前から消えた女だったのだろうか。

「節子さんってどんな感じの人でした？　目が大きいとか、鼻が尖《とが》ってるとか」

「目は細かったかな。鼻はすっと通ってましたね。でもあまり特徴のない人でした」

消えた女はどちらかというと目は大きく、鼻は丸かった。

彰子は煙草を消し、上目遣いに私を見た。「あなたは、いなくなった女性を探してるんですか」

「いやあ、そういうわけでは……」私は口ごもった。

「その人のこと好きなんですね」彰子は決めつけるような口調で言った。目には同情の色がかすかに浮かんでいた。

年輩の男が、逃げた女を探しているのが、哀れに思えたらしい。

ここでも、持ち前の擬態が出た。目を伏せ、はにかんだような顔をし、女の話に無言で合わせたのだった。

「余計なこと言ってすみません」彰子が慌てて謝った。

「子供や夫の名前は分かりませんよね」

彰子は黙って首を横に振った。

伴在製作所を出た私は表通りでタクシーを拾い、新宿に向かった。辺りはすっかり暗くなっていて、イルミネーションの施されたスカイツリーが高速道路からちらりと見えた。

私は、消えた女を探しているのだろうか。まったくそうでないというと嘘になる。しかし、再会できればできたで良し、出来なければ、それはそれでもかまわない。そんな心境だった。

問題は彼女の残した地図である。

単なる忘れ物ではない。意図的に私に渡して姿を消した。私の家の近くのコンビニに勤めたのも、私に近づくためだった？　かなりの飛躍がある。そう思いつつも、その考えが私をとらえて離さない。

私は新宿中央公園に沿って走る十二社《じゅうにそう》通りでタクシーを降りた。

この辺りが淀橋浄水場だった頃から知っている。工事中のことも記憶にある。

整地されていない起伏のある原っぱにくるのは決まって寒い日だった。荒れ地は常に風に晒《さら》されていて、私の細胞のひとつひとつにも容赦なく吹き込んできた。

妹が行方不明になった後、何度か来てみたが、それ以来、足を踏み入れていなかった。かつては階段を上り切った広場に噴水があった。今もあるものだとばかり思っていたが、池しか残っていなかった。

暗青色の空にどんと君臨している都庁の建物が目に飛び込んできた。

女の残した地図に新宿中央公園はない。

しかし、女が意図的に、地図を残して消えたとしたら、妹に関係あるのでは、とふと思ったのだ。それはまるで的外れかもしれないが、徳村という男の連れ子のことが気になった。

キーワードは徳村である。

三枚目の地図は渋谷のものだった。時は八六年に移っている。

翌日の午後遅く、私は渋谷に着いた。

雲が重く垂れ込めていて、歩き出してすぐに細かな雨が降り出した。

私はコンビニでビニール傘を買い、目的地に向かった。

八六年。バブルに突入した頃で、父の羽振りは大層良く、渋谷の一等地、南平台《なんぺいだい》町に建てられた新しいマンションを購入し、そこに住んでいた。確かフィリピン大使館の近くだったと思う。千葉だか埼玉だかを地盤にしているチンピラ議員の私設秘書をやっていた父は、いつしか不動産業者に転身していた。議員秘書という前職を、穴が開くまで履き通した革靴さながらに、これでもかというほど利用したに違いない。そして、しばらくしてから恵比寿に不動産屋を開業した。宅建など取れるはずもない父は、どこからか名義を借りてきていた。営業マンのひとりは私だった。七変化が得意な私は、どんな客の心も盗め、売り上げはいつもトップだった。しかし、同僚と飲みに行くことは滅多になく、仕事が終わるとさっさと当時住んでいたマンションに帰った。

「今に見てろ、都内にどんどん店舗を増やすからな」南平台町のマンションを訪ねた時、父が力強くつぶやいた。

父はゴールドのガウンを羽織っていた。将来の〝野望〟を口にした後、ソファーに股を大きく拡げ、高級なコニャックをどぼどぼとグラスに注いだ。そして一気に飲み干した。

母は台所で洗い物をしているらしいが、まったく存在していないかのようだった。

父も母も妹のことには、とっくに触れなくなっていた。

その日は大雨だった。私が帰る時、私の傘を見て、父が言った。

「日本人は傘をさしすぎる。フランス人は滅多《めった》に傘をささないそうだ」

父は雨が降っても、ほとんど傘をささなかった。

「昔のフランスでは、建物から外に汚物を捨ててた。それを避けるため傘をさしてたと聞いたけど」

「汚物と雨は違う」

確かに。父の反論に納得したが、私は今でもよく傘をさす人間である。

私は二四六の右側を神泉町《しんせん》の交差点に向かって歩いた。通りを渡った向こうにセルリアンタワーが建っている。南平台町はタワーの斜め奥辺りである。

タワーの建っている場所が、八六年頃は何だったたか、地図に出ていた。東急電鉄の本社ビル。その周りのビルにも東急という名前がやたらとついていた。

雨脚が強くなってきて、空は乳白色に染まり始めた。

神泉町の交差点の手前に細い路地がある。そこを右に曲がった。

ぶつかったところが公園。八六年もそうだった。

目的地はマンションに変わっていた。二十八年前のまま、目的の場所が存在しているとはまったく思っていなかったから驚かなかった。

女が赤丸をつけていたのは卓球場だった。

青葉台卓球場。

神泉町の交差点を渡れば、地名は青葉台だが、卓球場のあった場所は昔も今も神泉町である。青葉台は高級住宅街。イメージがいいから借用したのかもしれない。

しかし、現在のマンション名には青葉台は使われていなかった。

ビラ・カサブランカ

白亜の建物で、かなり前に建てられたらしく、外壁は薄汚れていた。オートロック式のドアに阻まれた。管理人室があった。インターホンを鳴らした。

「はーい」

しゃがれた男の声が応えた。不機嫌そうである。

私は、ここが青葉台卓球場だった頃のことを知りたいと言い、こう続けた。「大家さんに聞けば、何か分かるかもしれません。さしつかえなければ、お名前や連絡先を教えてほしいんですけど」

「ちょっと待ってて」

インターホンの前で待っていたら、ほどなく一階の奥から男が現れた。背中の曲がった痩せた老人だった。髪のほとんどが抜け落ちていて、白髪がまばらに残っているだけだった。鷲鼻の奥目。その上、頰がこけていた。妙に歯だけが立派なのは総入れ歯だからに違いない。ダークグリーンのブルゾンを羽織り、首に赤いマフラーを巻いていた。

私は名前を名乗った。現れた老人が大家だった。加賀山という。

「で、卓球場時代の何を知りたいんだい？」

「立ち話もなんですから、喫茶店にでも行きませんか？」

「じゃ、少し歩いてくれ」

加賀山が先にマンションを出た。私は傘をさしかけた。

「いいよ。濡れて困るほど髪は残ってない」

私は加賀山について細い路地を旧山手通りに向かって歩いた。八六年の地図にもある質屋が目に入った。旧山手通りを右に曲がる。風も出てきて、街路樹が揺れていた。旧山手通りと山手通りが合流する地点をすぎ、さらに進んだ。

加賀山は通りに面した喫茶店のドアを開けた。古くからあるマンションの一階にある喫茶店。マンションが出来た当時から営業している店らしい。

加賀山は常連のようで、注文にきた若いウェートレスに「いつもの」とだけ告げた。私はブレンドを頼んだ。

加賀山も煙草を吸う。銘柄はラッキーストライクだった。

飲み物が運ばれてきた。加賀山もコーヒーを注文していたが、ブレンドではなかった。

私は地図を取りだし、まず消えた女のことから話を始めた。そして、徳村という人物を知っているかと訊いた。

「徳村ね。覚えてるよ。しょっちゅう卓球をしにきてた」

「旦那のほうですね」

「うん」

「誰かときてました？」

「いや、いつもひとりだった。客がいない時は俺が相手をした」

「加賀山さん、学生の時に卓球部だったとか」

加賀山が鼻で笑った。「そうじゃない。親父の後を継いだだけだ。徳村……」加賀山が首を傾げた。「下の名前、何だっけな。確か、彦治とかなんとか言ったな」

「徳村さん、仕事は何をしてたんです？」

加賀山がじっと私を見つめた。「いなくなった女が、この地図を残していったって、本当の話かい？」

「嘘をつくんだったら、もうちょっとうまい話を考えますよ」

加賀山が唇の両端を下げ、二度ばかりうなずいた。「徳村さん、連れ込みの……今はそんな言葉、死語だな。ラブホの掃除人だと言ってた」

「住み込みだったのかな」

「いや。今は跡形もないが、この店の裏の辺りにあったアパートに住んでた」加賀山はコーヒーカップを口に運びながら黙った。昔のことを思い出そうとしているらしい。

「家族がいたね。一、二度、娘を連れてきてたから」

「娘さんってふたりいました？」

「そう。ふたりいた」

「歳がかなり離れた姉妹ですね」

「うん。上の方は三十ぐらいで、妹の方は、中学生だったと思う」

私は、自分の妹の子供の頃の写真を持ってきていた。小学生時代の二枚の写真である。そのうちの一枚がポスターやビラになったのだ。私は加賀山の前に写真を並べた。

「この子、徳村さんの上の娘に似てません？　前歯の間が空いていて、首のところに黒子があるんですが」

加賀山が写真に目を向けた。「全然、記憶にないよ」

「じゃ名前も……」

加賀山は首を横に振った。

「しかし、加賀山さんの記憶力、抜群ですね」

「昔のことはよく覚えてるよ。それにな、徳村さんがぱたりとこなくなってしばらくしてからのことだけど、彼のことを聞きに、刑事がふたりやってきた」

「徳村さん、何かやったんですかね」私は淡々とした調子で訊いた。

「刑事は俺の質問に何も答えてくれなかった。そん時、女房や子供のことも訊かれた。だけど、俺は何も知らないから答えようがなかった」

「刑事が女の子の写真をあなたに見せたというようなことはありませんでしたか？」

「いや」

「徳村さんってどんな風貌だったんです？」

加賀山が怪訝な顔をした。「何でそんなことに興味を持つんだい？」

「消えた女が、自分の父親は、痩せていて度の強い黒縁の眼鏡をかけてたって言ってたんです」

「それだったら、あんたから逃げた女、徳村さんの娘だな」

私は片肘をつき、こめかみに手を当てた。「どうしたんだい？」加賀山が私を覗き込むようにして訊いた。

「いや、何でもありません」私は笑って誤魔化《ごまか》した。

妹がいなくなった時、目撃された男が徳村彦治だったとしたら……。

いよいよ謎は深まるばかりだった。

「徳村さんが、いなくなったのはいつ頃のことですか？」

「いつって訊かれてもね」加賀山が困った顔をした。「でも、御巣鷹山にジャンボ機が墜落した頃は、徳村さんまだうちに来てたよ。墜落した翌日、徳村さんがやってきた。あの人に事故のことを話しても、ほとんど反応しなくて、私を相手に卓球をした。こっちは、事故の続報を知りたかったから、徳村さんの相手なんかしていたくなかった。でも、そうはいかなかった。客だからね。テレビを点けっぱなしにしておいたら、気が散るって、徳村さんに怒られたよ。この地図、八六年のものだよね。おそらく、この年に消えたんじゃないかな」

「徳村さん、そんなに卓球が好きだったんですか？」

加賀山は腕を組み、「うーん」と唸った。「卓球が好きって感じはしなかったな。スマッシュを鮮やかに決めても喜んだ顔もしないし、失敗しても悔しそうにもしないんだ。いつも無表情でね。何かに取り憑かれているみたいだった。態度が異様なもんだから、他の客も、徳村さんとゲームをやるのを嫌がってたよ」

「徳村さんが掃除人をしていたラブホテルの名前、分かります」

「『ムーン・パレス』。経営者の息子が、俺の小中学の同級生だった」

「そのホテル、今も残ってます？」

「なくなった。息子の代になって倒産し、夜逃げしたんだ。一時は松濤《しょうとう》の一等地に住んで、遊びまくってた男だったけど。今、どこで何をしてるんだろうね」

ホテル経営者の行方を探すのは不可能だと私は諦めた。

「お時間を割《さ》いていただき、ありがとうございました」

「どうってことないよ。毎日、暇でしかたないんだから」

雨はますます強くなっていた。

外に出て傘を加賀山にさしかけた。今度は断らなかった。

「あなたいくつ？」加賀山が訊いてきた。

「六十七です」

「逃げた女は四十二か。老後を一緒に送るには、ちょうどいい案配の歳だな。でも、逃げた女を追っかけてもいいことなんかひとつもないよ」

ここでも誤解された。私は、何も言わず、軽くうなだれて見せた。雨が、傘からはみ出た肩の辺りを濡らしていた。

「失礼なこと言っちゃったな」

「いいえ。加賀山さんのご家族は？」

妻は一昨年に他界し、息子ふたりは独立し、上は医者になり、下は税理士だと自慢げにいった。

「それはすごいですね」

「周りには、トンビが鷹を産んだって言われてる。産んだのは俺じゃないのにな。親父は卓球場だけじゃなくて、バーとスマートボール屋を渋谷に持ってた。親父が派手だったから、俺も遊んだ口だよ。ロカビリーに憧れてね。髪をリーゼントにして、あわよくば、ミッキー・カーチスや山下敬二郎みたいになりたかった」

「今はひとり暮らしですよね」

「ああ」

「どうです、ひとり暮らしって」

「え?」加賀山がちらりと私を見た。質問の意味を理解していないような目つきである。「どうって訊かれても……。俺はそういうこと考えたことないんだ。飯を自分で作って、ぼんやりテレビなんかを視て、酒を飲んだりしてるうちに一日があっという間に経っちまう。あっぱらぱあだからな、俺は」

「生きるの上手なんですね」

「そうなのかね。俺にはよく分からんよ。さっきも言ったけど、いなくなった女なんか追っかけてもしかたない。逃げた女は戻ってこないってのが相場だから」加賀山が足を止めた。「そうだ。知り合いの娘に出戻りだが、いい子がいる。いい子って言い方は当たってないな。五十三だから。でも、巨乳で、なかなか可愛いんだな、これが。あんた真面目な人らしいから、紹介してもいいよ。どうだい、会ってみるか」

「もう少し、女の残した地図の跡を追ってみます」

マンションの前に戻った。

「加賀山さん、映画の『カサブランカ』が好きなんですか?」

「観てないね、そんな映画」加賀山がマンションに目を向けた。「俺、一時、マグロ漁船に乗ってたんだ。カサブランカにいい女がいてね」

「なるほど」

「俺の話、真面目に考えて」そう言い残して加賀山はマンションの中に駆け込んだ。

四枚目の地図は江東区のものだった。富岡一丁目にあるスナックが丸で囲まれていた。時が八六年から九二年に飛んでいる。

門前仲町の交差点からすぐの、大横川沿いに、問題のスナック『小夜子』はある。しかし、今、残っているかどうかは分からない。

午後六時を少しすぎていた。私はタクシーで門仲《もんなか》に向かった。

永代《えいたい》通りを渡った時、またスカイツリーが見えた。てっぺんが雲に隠れていた。

門仲の交差点でタクシーを降り、歩いてスナック『小夜子』を探した。

問題のスナックは今も残っていた。まるで期待していなかった私の胸がかすかに弾《はず》んだ。

開店まではまだだいぶ時間がある。だが、念のためにドアノブを動かしてみた。果たして閉まっていた。ノックをしたが応答はなかった。

周りをぶらついた。キャバクラがあり、黒服が路上に立っていた。立ち飲み屋も見られる。

門仲は不案内である。以前、白木屋という居酒屋に入り、それから大横川の夜桜を愛《め》でたことがあった。あれは十二、三年前のことだが、誰と一緒だったか忘れてしまった。大勢の人間がいたという記憶しかない。

界隈《かいわい》をぐるりと回ってから、スナック『小夜子』からほど近い串揚げ屋に入った。ドアはなく、厚手のビニールで表を囲っていた。

若者やサラリーマンで賑々しい片隅で、私は夕食を摂《と》った。ホッピーを二杯飲んだ。そして、店員に『小夜子』のことを訊いたが、店員は何も知らなかった。

ふと思い出した。母は江東区洲崎の出身だった。洲崎といえば、かつては売春街。母は多くは語らなかった。母が死んだ後、遺品を整理した。色褪せた写真が何枚か出てきたが、写っている人物が誰なのかは、まったく分からなかった。一枚の写真に母らしい幼子が写っていた。おかっぱ頭で、唇がふっくらしていた。どことなく妹に似ていた。

数年前、テレビで川島雄三監督の『洲崎パラダイス 赤信号』を視た。行き暮れた男女の話で、主役は新珠三千代と三橋達也。新珠は洲崎パラダイスの飲み屋に勤め、三橋は蕎麦《そば》屋の出前持ちになった。

蕎麦屋のシーンで、つい笑みが零《こぼ》れた。

母の出身地なのに、父を思い出した。父は東北の片田舎の出身で、上京するまでざる蕎麦というものを食べたことがなかった。上野に着いた父は、蕎麦屋に入り、ざる蕎麦を頼んだ。食べ方が分からない父は、ツユを蕎麦の上にすべてかけたという。ざるからツユが漏れ、テーブルを汚し、床にこぼれた。店員に怒鳴られ、馬鹿にされ、散々だったと、父は大声で笑った。そのエピソードを聞いたのは、父が万札を鷲づかみして悦に入っていた時代だった。

八時少し前、三杯目のホッピーを飲んで、店を出た。スナック『小夜子』のネオン看板は消えていたが、ドアは開いた。

『洲崎パラダイス 赤信号』に出演してもおかしくない、厚化粧の女が、人を信用しない野良犬のような目で私を見た。手には手鏡を持っていた。鏡の裏面には黄色いバラが描かれていて、全面にきらきら光る色とりどりのビーズのようなものが埋められていた。

女はぽっちゃりとしていた。ラメ入りの紫色のセーターに、ゼブラプリントのスカートを穿いている。

「まだ店は開けてないよ」酒焼けしたような声でそう言うなり、視線を鏡に戻し、髪を直し始めた。

私は女のいるカウンターの端まで歩を進めた。

「何なの？」女の顔が歪んだ。

ひしゃげた車のボディーのような歪みだった。

車体のいたるところが凹んでいる派手な塗装の施されたスバル３６０。学生時代、友だちが乗っていた車のことが脳裏をよぎった。

私は名乗り、人捜しをしていると言った。

「それで」女は手鏡を見たまま、前髪を上げたり下げたりし続けている。

「あなたがママさんの小夜子さんですか」

「そうよ」

「長くここで店をやってるんですね」私は地図をカウンターに拡げた。

小夜子が興味を示した。首にじゃらじゃらした鎖を下げていた。その先に留められているのは赤紫色の老眼鏡だった。

小夜子が老眼鏡をかけた。

「これ、一九九二年の地図ってこと？」

「ええ」

「この辺ってあんまり変わってないわね」

「もうオーダーしてもいいですかね」私は小夜子に笑いかけた。

小夜子は腕時計を見、カウンターを出た。ドアに向かった。ネオン看板のスイッチを入れにいったらしい。

私は戻ってきた小夜子にビールを頼み、「何か飲みますか」と訊いた。彼女もビールにした。

「いつ頃、ここでお店を始めたんですか？」

「平成三年。西暦だと……」

「九一年です」

「じゃ、この地図のスナック『小夜子』はピカピカの一年生だったのね」

私は徳村一家のことを話した。「……ここが開店した頃のお客さんか従業員に、そういう名前の人、いませんでしたか」

小夜子が遠くを見るような目をした。「徳村ねえ。いなかったと思うけど」

私は徳村夫婦の風貌を口にした。

「店だからいろんな人がくるからね。常連さんは別だけど、ほとんど覚えてない」そう言いながら煙草に火をつけた。「もう一杯、いただいていいかしら」

「お好きなものをどうぞ」

小夜子はウイスキーのストレートを用意した。

この店は九一年から現在にいたるまで営業を続けている。消えた女がわざわざ九二年の地図を選ぶ必要はどこにあったのだろうか。

ひょっとすると、徳村の娘が九二年に、ここに勤めたのかもしれない。

加賀山の言ったことが正しければ、八六年に長女は三十ぐらい、次女は中学生。六年後に、どちらかがこの店で働いていてもおかしくはない。

私は消えた女の名前を教え、できるだけ正確に、彼女の容姿を告げた。

「いたような気がするわ。陽気な子でしょう?」

「ええ、まあ」

「でも、よくある名前だから、お客さんが探してる女かどうかは分からないわよ」

「その人に、姉さんはいませんでしたか？」

「思い出してきた。その子、働き出して三ヶ月ぐらいで辞めたわ。後で聞いたら、うちのお客さんとできてたんですって」

「そのお客さんは常連でした？」

「たまにくる客だったね。名前は忘れたけど、タクシー運転手だったはずよ。でも、詳しいことは知らない」

私は、小夜子にも子供の頃の妹の写真を見せた。

「こんな感じの子に見覚えは？」

小夜子はちらりと写真に目をやっただけで、「子供の写真じゃないの。これじゃ、何にも思い出せないよ。女って化粧でいくらでも化けられるから」

私は〝すきっ歯〟と首の黒子のことを教えた。

「悪いけど、何にも覚えてない。お客さん、探偵か何か？」

「違います。いなくなった女が残した地図だから気になってる。本当にそれだけです」

私は写真を仕舞い、ビールを口に運んだ。

小夜子はカウンターにおいてあった地図を手に取った。老眼鏡を鼻の頭まで下げ、一枚ずつ、ゆっくりと見ていた。

「よくまあこんな古い地図を……」小夜子が静かにつぶやいた。

「図書館でコピーしたんでしょうね」

小夜子が鼻眼鏡のまま私をじっと見つめた。「よく分からないんだけど、あなたは一体、誰を探してるの？　いなくなった女？　それとも徳村家の人たち？」

私は肩を軽くすくめて見せた。「私もよく分かってないし、何も見つけ出せなくてもいいんです」

小夜子は私から目を離さなかった。私をよほどの変人だと思ったようである。

「開店当時の写真ないですか？」

「あなたもしつこいわね。そんなもんないわよ」小夜子が急に不機嫌になった。

客が入ってきた。かなりの爺さんだった。ハンチングを被り、ダウンジャケットを着ていた。

小夜子が顔を作った。「いらっしゃい。久しぶりね」

「階段から転げ落ちて、足首を骨折してさ。車椅子生活だったんだ」

小夜子が私に視線を戻し、地図を私に返した。「もういいでしょう」

私はちらりと客に目を向けた。「常連の人かな」

「ここ十年くらいのね」小夜子はそっけなくそう言い残して私から離れた。

私は金を払い、店を出た。

消えた女の残した地図は残り一枚となった。

翌日の昼下がり、私は押上《おしあげ》にいた。東武伊勢崎線の線路からすぐのところに寺がある。

地図は二〇〇〇年のもので、丸印がついていたのがその寺だった。

寺は滅多に場所を変えないものだ。しかし、女が丸印をつけた場所の中では一番異色なものに思えた。

最初は、池袋の〝徳村〟という家。二番目が西浅草の厨房機器の製作所、三番目が渋谷の卓球場、そして、門仲のスナック。

すべて人の息吹が感じられる場所だ。

寺でも人の営みは当然ある。徳村家と縁のある人間が働いていたのかもしれない。

しかし、徳村家の菩提寺の可能性の方が高い気がした。

昨日と違ってよく晴れ渡った日だった。今を盛りと紅葉している木々も見られた。温暖化のせいだろう、年々紅葉の季節が遅れているようだ。風は冷たく、冬の白い光が路上を走っている。

枕木を叩いて走る電車の音が聞こえてきた。スカイツリーは寺の参道からも仰ぎ見ることができた。寺から眺めるスカイツリー。仏塔に思えてきた。

境内には人の気配はなかった。大きな黒猫が我が物顔で歩いていた。

左手奥が墓地だった。

私はそこに入った。小さな墓地。私は墓石をひとつひとつ見ていった。

奥の塀沿いの墓石の前で足が止まった。

〝徳村家之墓〟と石碑に彫られていた。

灯籠も外柵もない古くて見窄《みすぼ》らしい墓だった。左から裏に回ってみた。建立されたのは昭和二十九年だった。建立者名はなかった。

墓石の右側面に埋葬者名が彫られていた。

留吉　昭和二十年三月二十日没　四十歳
梅子　昭和三十一年八月十一日没　四十五歳
彦治　平成十二年五月二十八日没　六十五歳
宏美　平成十二年十一月四日没　四十五歳

戒名がついているのは留吉と梅子だけだった。

私はしばらく呆然として、その場に立ち尽くしていた。

私の妹の名前は宏美である。生まれは一九五五年十月二十一日。平成十二年は西暦でいうと二〇〇〇年。墓に入っている宏美と同じ歳である。

歳からすると、墓に入っているのは徳村夫婦の長女らしい。

私は墓場を出て、住職の住まいを探した。墓のすぐ横に数奇屋《すきや》造りの家があった。表札に安西と書かれていた。

玄関の戸を引き、中に声をかけた。

女が現れた。

「ここの墓に眠っている徳村さんのことでお伺いしたいことがあるんですが」私は、地図を拡げ、これまで何度も口にしてきたことを繰り返した。

女は住職を呼んでくると言って奥に消えた。ほどなく、坊主が私服で現れた。福々しい大きな耳の持ち主で、派手な赤いセーターを着ていた。

住職は玄関の床に正座した。私は上がり框《かまち》に腰を下ろし、躰《からだ》を斜めにして、住職と相対した。

「妙な話なんですが」私はそう断ってから、また同じ話をした。

住職が地図に視線を落とした。「詳しいことは知りませんが、梅子さん、つまり、彦治さんのお母さんの代までは、この近くに住んでたらしいです。いつ池袋に引っ越したかは知りませんが、向こうに移ったっていうことは聞いてました」

「平成十二年に彦治さんは亡くなってますね」

「脳梗塞でしたかね、突然、倒れ、あっけなく世を去ったみたいです」

「同じ年に宏美さんという方がなくなってますが、彼の娘さんですよね」

「ええ。悪性リンパ腫で」

「お骨を納めにきたのは奥さんですか?」

「いいえ。彦治さんの次女の方でした。お父さんの時もお姉さんの時も」

私は消えた女の名前を口にした。

「そんな名前じゃないですよ。何て言ったっけな……」坊主は名前を思い出し、私に告げた。そしてこう続けた。「健気《けなげ》ないいお嬢さんでしたけど、お姉さんのお骨を納めにきて以来、会ってません。四十九日の法要の通知を出したんですけど、宛先不明で戻ってきました」

「奥さんの名前は節子さんですね」

「さあ。私、一度もお会いしてませんので」

「じゃ、今、どうしてるかも分かりませんね」

「妹さんの話だと、籍は抜かなかったけれど、ずっと別居していて、門仲でスナックをやってるとか言ってましたよ」

私は次の言葉が出てこなかった。

「どうかなさいました?」

問いかけられても私は黙ったままだった。「お時間を取らせて申しわけありませんでした」私は弾かれるように立ち上がると、住職の家を出た。

それから私はただ道を歩いているだけだった。陽が暮れるまでかなりの時間があった。私は家に戻る気にはなれず、喫茶店を梯子《はしご》し、上野まで歩いて、二本立てのエロ映画を観た。観たと言うのは正確ではない。私は何も観ていなかった。女の喘ぎ声が鼓膜を震わせたにすぎない。

午後八時頃、私は再びスナック『小夜子』の前に立った。

店は閉まっていた。近くのバーで暇を潰し、二時間後にまた訪ねてみたが、ネオン看板は消えたままで、ドアには鍵がかかっていた。

翌日も翌々日も『小夜子』まで出向いたが結果は同じだった。

異変があったことは間違いない。引き金になったのは私が現れたことではなかろうか。

私は少し間をおいてから、これが最後だと決めて門仲に向かった。

スナック『小夜子』は閉まっているだけではなく、〝閉店〟と書かれた紙が貼ってあった。

「あんた、この間の……」

背後からそんな一言が聞こえた。肩越しに見ると、この間、店にやってきたハンチングの爺さんだった。

「〝閉店〟って、何かあったんですか？」

「俺もびっくりだよ」

爺さんに、ママの住まいを聞いたが、洲崎としか分からなかった。

「本名は節子さんでした？」

「小夜子が本名だって言ってたよ。あんた、ママとどういう関係？」

「ちょっとした知り合いです」

爺さんはねめるように私を見た。「〝ちょっとした知り合い〟ね。あんたが来た夜、彼女、えらく荒れてた」

私が、彼女の男だったと思い込んでいるのがありありと伝わってきた。

「私は、あの日が初対面でした。あの人の娘さんのことで何か聞いてません？」

「娘がいたのか」

「らしいです」

「彼女と初対面だったとはね……ふーん」

爺さんは小首を傾げながら、別れの挨拶もせずに去っていった。

消えた女の残した地図の旅は、それで終わりを迎えた。

墓に入っている宏美は、私の実の妹で、攫《さら》ったのは徳村彦治だった。妻の節子は夫には連れ子がいると言っていた。その時点で節子が真相をどこまで知っていたのかは分からない。節子が共犯者だった可能性もある。

妹が騒ぎ立てなかったのは、徳村のところで暮らすことを結局選んだからではなかろうか。最初は逃げだそうとしたかもしれないが、そのうちに気持ちが変わり、家に戻るよりも、徳村との生活を良しとした気がしないでもない。実の父親に振り回される生活を極端に嫌がっていた妹が唯一、頼りにし懐いていた兄に恋人ができた。その直後だったから、抵抗もせず徳村についていったのではなかろうか。

消えた女は徳村夫婦の次女だったのか。まるで分からない。しかし、何であれ、消えた女は、私の妹が誘拐されたことを知っていた。戸籍をどうしたのかは知る由もないが、ともかく、宏美は徳村の娘として生き、死んでいったようだ。

もっと深く調べれば、さらなる真相が分かるだろうが、私はもう何もする気はなかった。

私は、押上の墓で眠っている宏美が妹だと思うことにした。

女の残した地図が、私の外出を促し、私の孤独に裂け目を入れたわけだが、その裂け目は時が経つにつれて静かに閉じていった。

消えた女が再び私の前に現れることはないだろう。秘密を、あのような形で私に提示したのだから。彼女の演出に私は乗った。私は彼女の役者であり、観客でもあった気がする。

唯一、気になっていたことが、これで解決した。もう外に向かっていかなければならないことは何ひとつない。

クリスマスイブの夜、私は、ざる蕎麦を作った。

久しぶりの外出が、改めてひとり暮らしの気持ち良さを教えてくれた。

窓ガラスの向こうで、隣の家のイルミネーションが点滅していた。風の強い日で、飾り付けられた裸木が激しく揺れている。

やがて二階からピアノの音が聞こえ、歌声が続いた。

「諸人《もろびと》こぞりて、むかえまつれ……」

庭園灯の鈍い光が白い寒椿を浮かび上がらせていた。白い花びらが風に煽られ、はらはらと散った。

賛美歌を歌う声はますます勢いを増すばかりである。

解説

吉野　仁

ミッドライフ・クライシスという言葉がある。いわゆる「中年の危機」だ。

学校を卒業し社会に出てがむしゃらに働いてきた者のまえに予想外の落とし穴がぽっかりと空いている。会社の倒産やリストラ、自身の健康、反抗する子供、親の介護、はたまた夫婦のすれ違いなど、そのトラブルもさまざまだ。これが中年期だけですむならいいが、その後も人生の曲がり角にはいつも災難が待ちかまえている。老いて死ぬまで逃れることはできない。

なにせ若いころとくらべて体力はすっかり落ちている。無理はきかない。持病も重なってくる。それでいて思考や感覚はいまだ冴えて活発だったころのままだと疑わないから始末が悪い。生まれついての性格は変えようもなく、歳をとって丸くなるどころか気難しく頑固になるばかり。

そんなとき、ふいに危機が現れる。

本書『怒鳴り癖』は、そうした思わぬ苦境をまえに立ちどまり、自分を見つめ直し、再起をはかる六人の男たちを描いた短編集である。それぞれに性格も職業も置かれた状況も異なるのに、まるで我が事のようにはらはらどきどきしながら読み進めてしまう作品ばかりだ。

表題作「怒鳴り癖」に登場する〈私〉は、小さな旅行代理店を経営する五十四歳の男である。男女ふたりの子供はすでに社会人となり、家庭にも問題はない。ただ、ちょっとしたことでカッときて相手を怒鳴る癖だけは若いころから変わらなかった。あるとき会社の入っているビルの一階へ出たら、いきなり何者かに顔を殴られた。犯人はふたりの男でそのまま逃走。〈私〉は考えた。自分に怨みを抱く者の犯行にちがいない。それはいったいだれだろう。そんなおり、家に帰ると娘の綾香がボーイフレンドを連れてきた。その男は声が小さく〈私〉はそれだけで「情けない奴だ」と決めつけるきらいがあった。やがて意外な事実が明らかになった。

藤田宜永作品にこれまで親しんできた読者であれば、主人公は作者の分身と思われる人物、もしくは同年代の男性であることがほとんどだと知っているはずだ。本書に登場する男たちも年齢に幅はあるものの、おおむねそう思ってまちがいない。とはいえ、「怒鳴り癖」に登場するような直情径行型でやたらと怒鳴るタイプが主人公をつとめるのはめずらしい。しかも既婚者であり、妻との関係も悪くなく、子供に厳しい父親である。だが、暴行事件をはじめ、身の回りで起こった出来事をきっかけに、人を見る目の偏りに気づき、自分の性格を見直すこととなる。すなわち、問題をこじらせた原因がその怒りっぽい性格に加え、根拠のない思い込みだと気づくのである。

男の場合、ひとつの問題がさらにこじれてしまうのは、肥大化した自尊心により周囲が見えなかったり、解決の先送りや事なかれの選択に逃げてきたせいだったりするのだろう。相手が女性となるとなおさらだ。この「怒鳴り癖」のなかで、妻から「あなた、女の気持ちがいつまで経っても分からないのね」と言われた〈私〉が、言い返したいのをぐっと我慢した、という場面があった。本作は男の危機をめぐる作品であるとともに、家族小説としての味わいも愉しめる。

ちょうど近年発表された藤田宜永の長編に『女系の総督』（講談社文庫）『女系の教科書』（講談社）という二作があった。こちらの主人公は、母親、ふたりの娘、孫娘、そして飼い猫までメスという女性ばかりの家で暮しており、それこそ四六時中「女の気持ち」に配慮して生活しなくてはならない男だ。もしかすると「怒鳴り癖」の〈私〉も、そんな家庭にいたならば他人への対応が違っていたかもしれない。ちょうど両者は裏返しの家庭環境のように思える。

つづく「通報者」では、定年退職して一年が経つものの、いまだ再就職がままならない〈私〉が主人公である。あるとき〈私〉は、近くの公園で女性を助けることになった。怪しい男に尾けられていたのだ。その男を見ると近所に住む顔見知りの青年だとわかり警察に届けた。ところが、後にその青年が自殺したことを知る。暗い気持ちに襲われた〈私〉は、かつて妙なきっかけで親しくなった銀治という男を思い出し、現在のゆくえをたどったところ、思わぬ罠へ踏み込んでしまった。

こちらの主人公は、人並みのすけべ心を抱きながらもひどく世間体を気にする臆病な性格で、満員の通勤電車では痴漢の疑いをかけられないよう万歳をしたまま乗る男。これまた「怒鳴り癖」の〈私〉とは対照的ながら、そなわった自分の性格に自身が振り回されるという意味で同じなのかもしれない。

「時には母のない子のように」に登場する〈私〉は六十四歳の弁護士の男。事務所で雇っている新米弁護士が担当した事件の被害者「山下路子」という名前に見覚えがあった。〈私〉が大学二年生、二十一歳のときに弾き語りのアルバイトをしていた新宿のスナックで知り合ったホステスが山下路子だったのだ。〈私〉は若いころの恋愛やごたごた騒ぎをふり返る。

最初の二作とは打って変わって、昭和四十五年の新宿歌舞伎町を舞台にした青春恋愛ものである。甘くそしてあまりに苦い青春の思い出が綴られていく。やはり作者と年齢の近い読者であれば、その時代を懐かしく思うだろう。いや当時を知らない若い人でさえ、行間から漂うノスタルジックで感傷的な想いを読み取るにちがいない。そのむこうに現在の自分がいることを腕の傷をさすりながら確かめる主人公の姿がなんとも切ない。

「押入」の主人公は、ぐっと年齢が若返って三十七歳。大手ビール会社の営業部員である。ひとつ年下の妻と十一歳の娘、そして妻の母親と四人で暮らしている。現在〈私〉が気がかりなのは、娘が異様な態度を取り始めたことだった。大地震が起こってから、異常なまでに押入を怖がるようになったのだ。それから一年と九ヶ月がすぎ、〈私〉は銀座にある小さなスナックで飲んだとき、泥酔したホステスを家まで送り届け介抱しなくてはならなくなった。そのときに銀行の利用明細を紛失したのを気にしていたが、やがて強盗が家に侵入するという事件が起きた。

　こちらの主人公は、他人から見ればなんでもないことまで気にし続け、ひとりで思い悩んでしまう極度の心配性だ。娘にも同じ性格が遺伝しないかということまで心配してしまう。「怒鳴り癖」「通報者」に連なる家族小説であり、娘が「押入」をこわがる原因を探すミステリー、そして見かけだけでは分からない人の一面を知る物語でもあるだろう。

「マンションは生きている」の主人公は、都内の一等地にあるマンションの管理人で六十六歳になる男性だ。あるときマンションのロビーで中学生の女の子が毛布をかぶって寝転がっていた。母親と喧嘩した彼女は「家出したい」という。親に連絡して、とりあえず騒ぎは片付いたと思ったところ、こんどは個人的な問題が浮上してきた。〈私〉は三十一歳のとき、最初の妻と離婚した。そんな過去が意外なかたちで迫ってきたのだ。

　掉尾を飾る「消えた女」の主人公は、六十七歳で東京郊外の一軒家で静かに気ままに暮らしていた。だが、そんな生活が乱れたのは、ある女が自分の前から消えたせいだった。コンビニで働く四十二歳の女性だが、あるとき仕事の帰りに〈私〉の家により、柿とハイライトと住宅地図のコピーを残して去っていった。そのままコンビニも辞め、自宅アパートも引き払っていた。女は消えたのだ。〈私〉は地図をたよりに彼女を探していった。

消えた女の行方探しは私立探偵小説の定番だが、ここで行き当たったのは、〈私〉自身の過去ともつながる、まさかの真実だった。

本書は六つの短編が並んでいるが、連作集ではなく、それぞれが独立した物語だ。それでもなんとなく共通する要素がある。最初「怒鳴り癖」をはじめ、高齢になってもなお困った性格をもてあます男がトラブルに立ち向かう話をそろえた作品集かと思っていたが、むしろ家族と対立したり折り合いが悪かったりする女性のエピソードがいくつも並んでいることに気がついた。中年をすぎて老境に入った男たちのままならぬ現実もさることながら、なにか読み終えてしみじみとしてしまうのは、いくつものトラブルの過程を経て、これまで見えなかった哀しい女性の横顔が現れることにあるのかもしれない。

女の気持ちがいつまで経っても分からない男性読者はもちろんのことだが、本書は性別年齢を問わず愉しめる短編集だろう。

ご存じの通り、作者の藤田宜永はこれまで探偵小説、ハードボイルド、犯罪サスペンス、冒険小説などと呼ばれるジャンルをはじめ、大人の恋愛小説、ユーモアがあって心あたたまる家族小説など、幅広い作風で作品を発表し続けてきた。近年では〈探偵・竹花〉シリーズ（最新作は『探偵・竹花　女神』光文社）を書き継ぐ一方、単発の犯罪サスペンス『亡者たちの切り札』（祥伝社）を発表するかと思えば、大雪のなかのドラマを描いた短編集『大雪物語』（講談社）で吉川英治文学賞を受賞した。最近の藤田宜永作品で本書『怒鳴り癖』ともっとも作風が近いのは、同じく六つの短編が収められた『わかって下さい』（新潮社）だと思うものの、ジャンルのまったく異なる小説を読んでいても共通した読み心地を感じるのは、人と時代と場所をとらえたうえで、作者特有の視線で人の心の機微をしっかりと描いているからだろうか。

先に、藤田宜永作品には作者の分身と思える主人公や同年代の男が登場すると書いたが、二〇一八年七月に発表した長編『彼女の恐喝』（実業之日本社）は、六本木のクラブでホステスのアルバイトをしている女子大生を主人公とした犯罪小説だった。ぐいぐいとページをめくらせる緊迫した心理サスペンスのなかに、やはり藤田宜永ならではの男女関係が物語られているように感じた。

この短編集を気に入った方は、ぜひほかの作品にも手をのばしてほしい。

（書評家）

文春文庫

怒《ど》鳴《な》り癖《ぐせ》

定価はカバーに
表示してあります

2018年10月10日　第1刷

著　者　藤《ふじ》田《た》宜《よし》永《なが》

発行者　花田朋子
発行所　株式会社 文藝春秋

東京都千代田区紀尾井町 3-23　〒102-8008
TEL 03・3265・1211㈹
文藝春秋ホームページ　http://www.bunshun.co.jp

落丁、乱丁本は、お手数ですが小社製作部宛お送り下さい。送料小社負担でお取替致します。

印刷製本・凸版印刷

Printed in Japan
ISBN978-4-16-791158-4

文春文庫　最新刊

十二人の死にたい子どもたち　冲方丁
安楽死をするために集まった少年少女。そこには謎の十三人目の死体が

竈《へっつい》河岸　髪結い伊三次捕物余話　宇江佐真理
北町奉行所同心の小者を務める伊三次を主人公にしたシリーズの最終巻

ガンルージュ　月村了衛
元公安のシングルマザーと女性教師のコンビが韓国特務工作員に挑む

拳の先　角田光代
編集者の空也は再びボクシングの世界へ近づく。青春エンタテインメント

ギブ・ミー・ア・チャンス　荻原浩
ままならぬ人生に落胆しても明日を信じて奮闘する八人を描く短編集

君と放課後リスタート　瀬川コウ
クラスメート全員が記憶喪失に!? 様々な謎を「僕」は解き明かせるか

プリンセス刑事《デカ》　喜多喜久
女王の統治下にある日本で王女・日奈子が刑事に。連続殺人事件に挑む

リップヴァンウィンクルの花嫁　岩井俊二
秘密を抱えながらも愛情を抱きあう女性二人を描き映画化もされた渾身作

怒鳴り癖　藤田宜永
痴漢冤罪に熟年離婚——突如危機に遭遇した男たちの運命を描く短篇集

わたしのグランパ〈新装版〉　筒井康隆
中学生・珠子の前にグランパ謙三が突然現れた！　傑作ジュブナイル

池波正太郎と七人の作家 **蘇える鬼平犯科帳**　逢坂剛・上田秀人・諸田玲子他
「鬼平」誕生五十年を記念し七人の作家が「鬼平」に新たな命を吹き込む

アンソロジー **捨てる**　柴田よしき・大崎梢・近藤史恵・光原百合他
ミステリー・恋愛・ファンタジー……九人の女性作家発の小説アンソロジー

トランプがローリングストーンズでやってきた　USA語録4　町山智浩
トランプが大統領候補に急浮上？　アメリカがマッドになっていったあの頃

みんな彗星を見ていた　私的キリシタン探訪記　星野博美
殉教をめぐり四〇〇年の時を駆ける旅へ。異文化漂流ノンフィクション

藤沢周平のこころ　文藝春秋編
没後二十年を機に編まれたムックを再構成。藤沢文学の魅力を語り尽くす

フェルメール最後の真実　秦新二・成田睦子
絶大な人気を誇る謎多き画家の真実とは？　全作品カラー写真で掲載

捏造の科学者　STAP細胞事件　須田桃子
歴史に残る不正事件をスクープ記者が追う。新章も追加した大宅賞受賞作

「ない仕事」の作り方　みうらじゅん
アイデアのひらめき方からネーミング術、接待術まで著者の仕事術に迫る

昭和史と私〈学藝ライブラリー〉　林健太郎
希代の歴史学者・東大総長の著者が自らの半生とともに激動の昭和を語る